SÚPER CARIBÚ

Revolución en Poponia

BUF
BUF
BUF
BUF
¡JEREMY!
¡JEREMY!

Traducción de David Domínguez
con la colaboración de Marion Carrière.

Magali Le Huche

Beascoa

Esta mañana en Vientosano hace buen tiempo.
Jeremy, el Súper Caribú de los bosques, se despierta dulcemente.
La semana ha sido dura, el superhéroe ha tenido mucho trabajo.

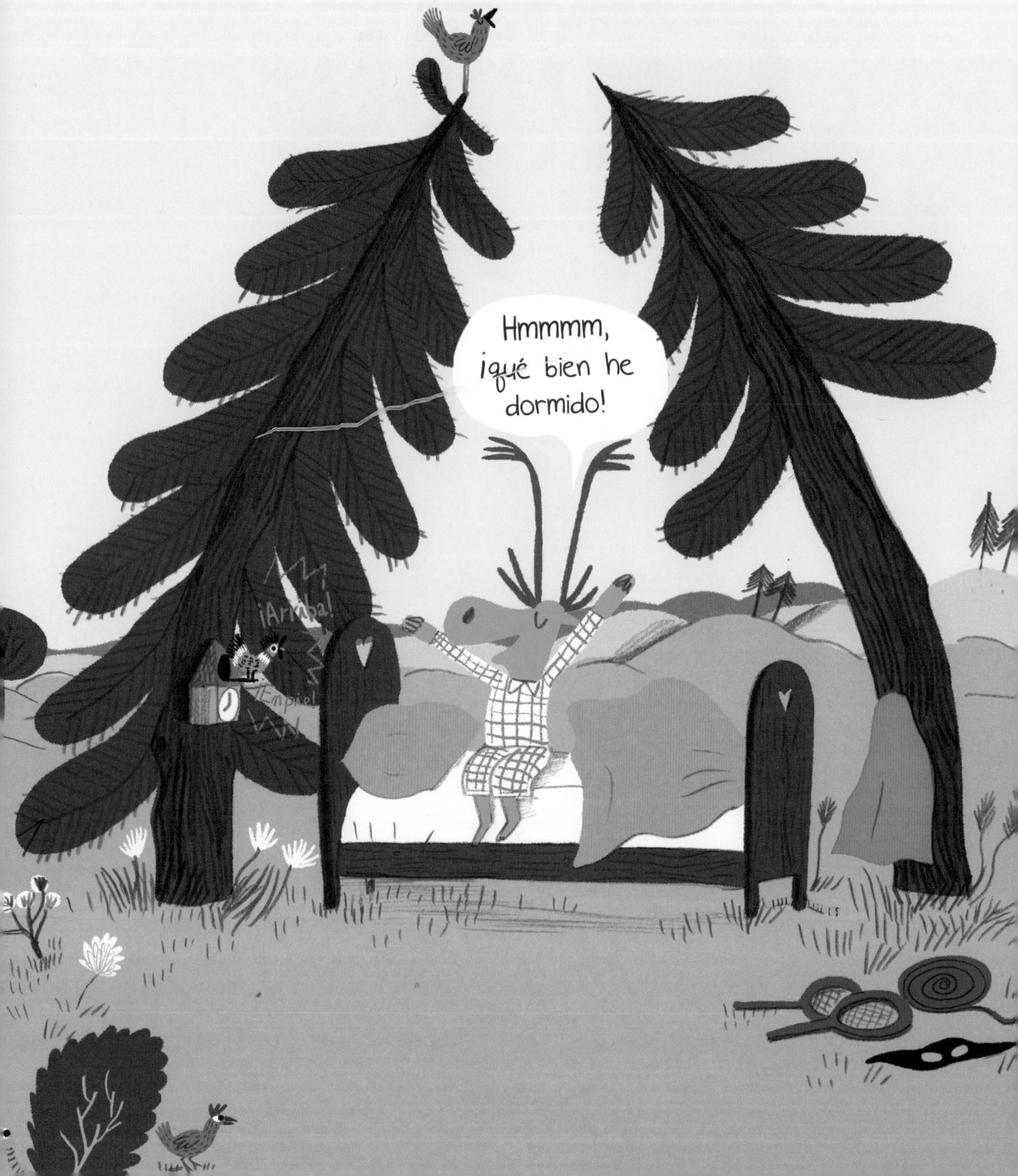

Hmmmm, ¡qué bien he dormido!
¡Arriba!

Pero esta mañana, Jeremy se siente un poco perezoso.

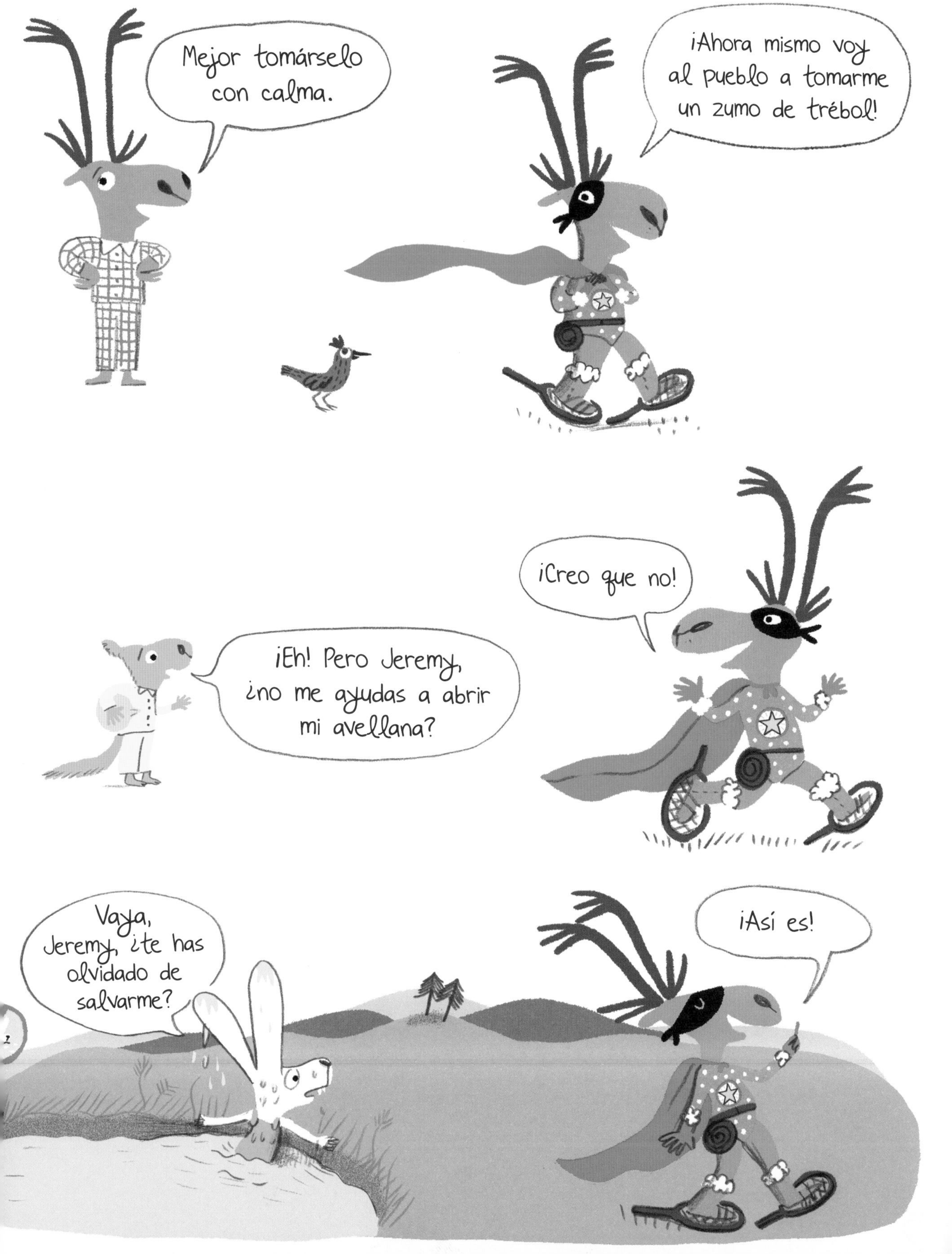
Mejor tomárselo con calma.
¡Ahora mismo voy al pueblo a tomarme un zumo de trébol!
¡Eh! Pero Jeremy, ¿no me ayudas a abrir mi avellana?
¡Creo que no!
Vaya, Jeremy, ¿te has olvidado de salvarme?
¡Así es!

Jeremy llega al café de Vientosano.
Parece que algo se prepara.

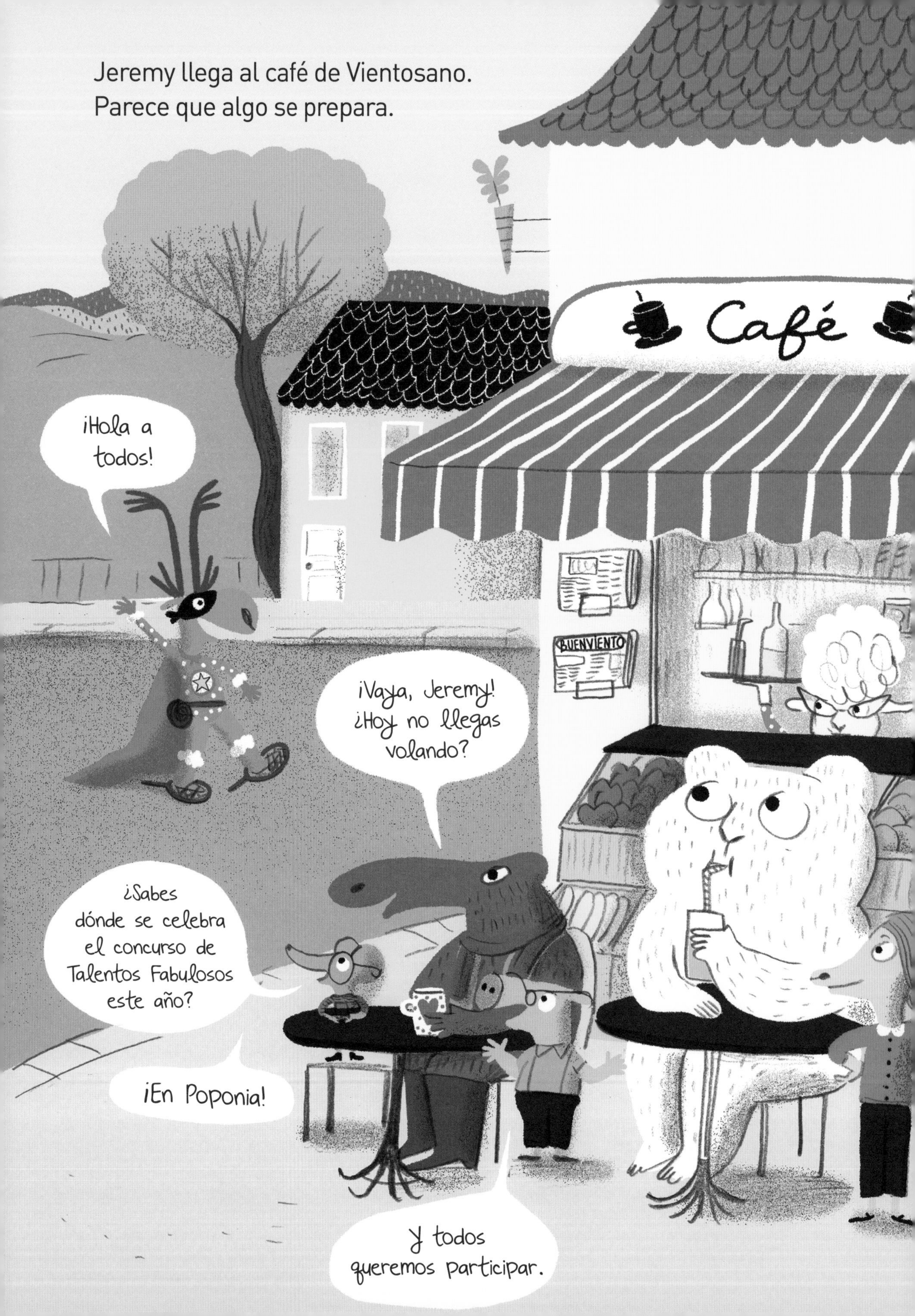
Café
¡Hola a todos!
BUENVIENTO
¡Vaya, Jeremy! ¿Hoy no llegas volando?
¿Sabes dónde se celebra el concurso de Talentos Fabulosos este año?
¡En Poponia!
Y todos queremos participar.

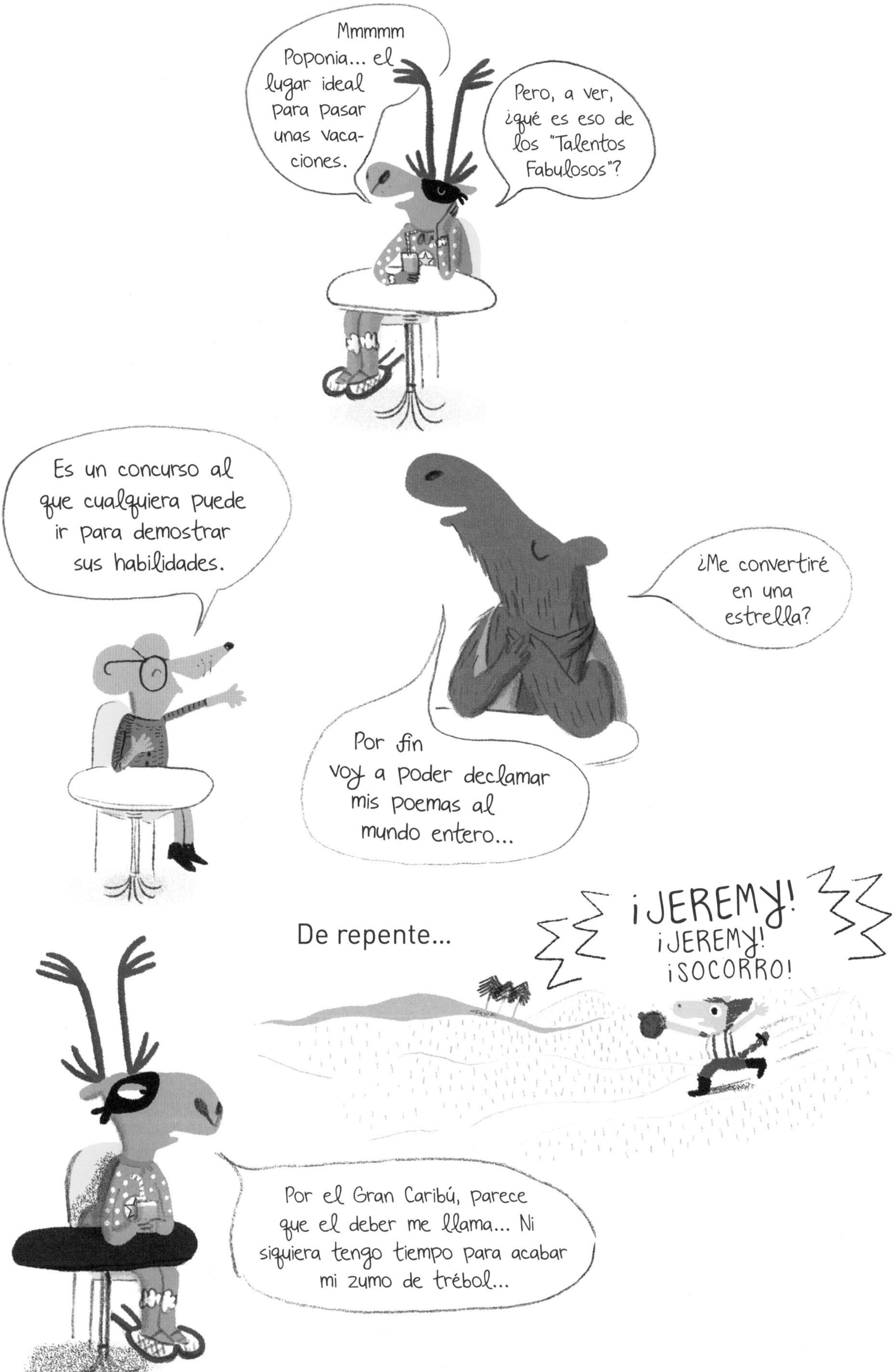

Mmmmm Poponia... el lugar ideal para pasar unas vacaciones.
Pero, a ver, ¿qué es eso de los "Talentos Fabulosos"?
Es un concurso al que cualquiera puede ir para demostrar sus habilidades.
¿Me convertiré en una estrella?
Por fin voy a poder declamar mis poemas al mundo entero...
De repente...
¡JEREMY! ¡JEREMY! ¡SOCORRO!
Por el Gran Caribú, parece que el deber me llama... Ni siquiera tengo tiempo para acabar mi zumo de trébol...

Un pequeño poni muy asustado se abalanza sobre Jeremy.

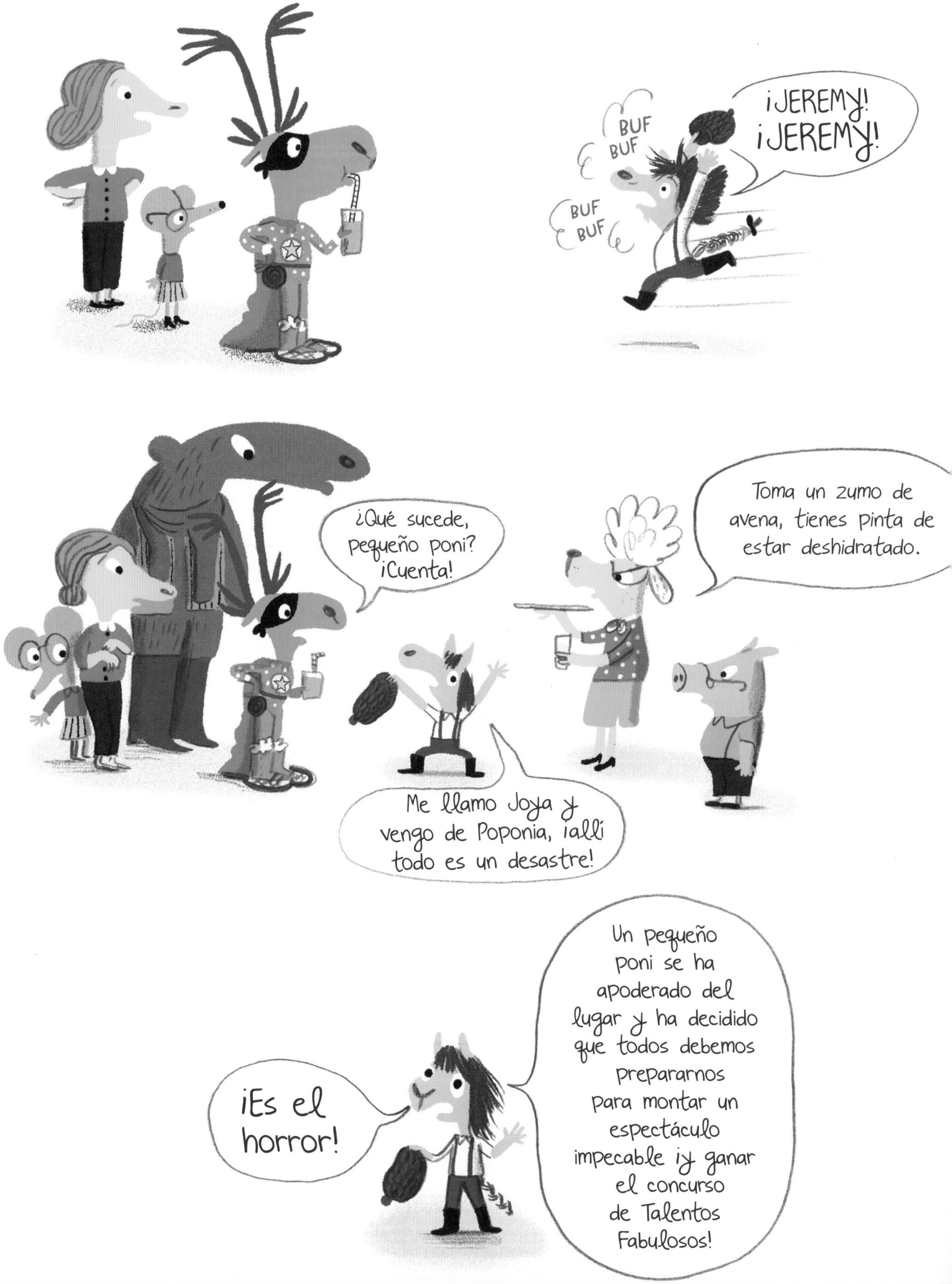
BUF BUF
BUF BUF
¡JEREMY! ¡JEREMY!
¿Qué sucede, pequeño poni? ¡Cuenta!
Toma un zumo de avena, tienes pinta de estar deshidratado.
Me llamo Joya y vengo de Poponia, ¡allí todo es un desastre!
¡Es el horror!
Un pequeño poni se ha apoderado del lugar y ha decidido que todos debemos prepararnos para montar un espectáculo impecable ¡y ganar el concurso de Talentos Fabulosos!

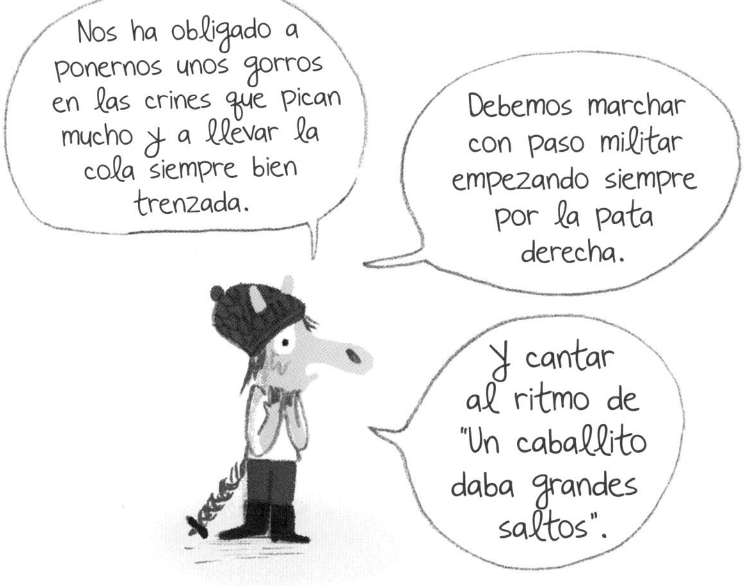
Nos ha obligado a ponernos unos gorros en las crines que pican mucho y a llevar la cola siempre bien trenzada.
Debemos marchar con paso militar empezando siempre por la pata derecha.
Y cantar al ritmo de "Un caballito daba grandes saltos".

Todos quedan aterrorizados por lo que cuenta el pequeño poni.

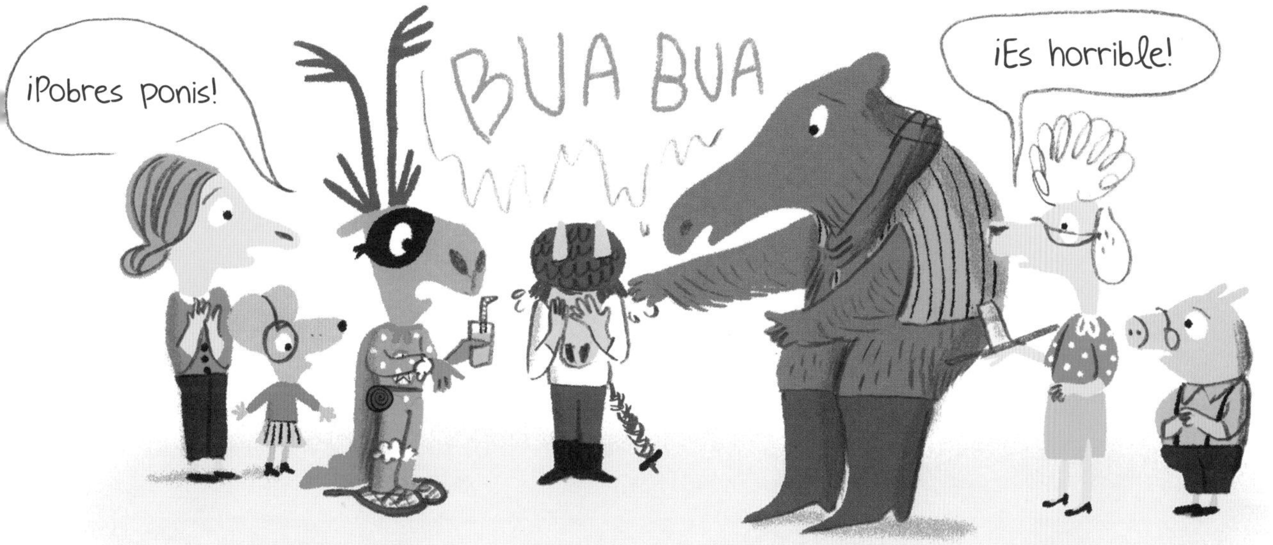
¡Pobres ponis!
BUA BUA
¡Es horrible!

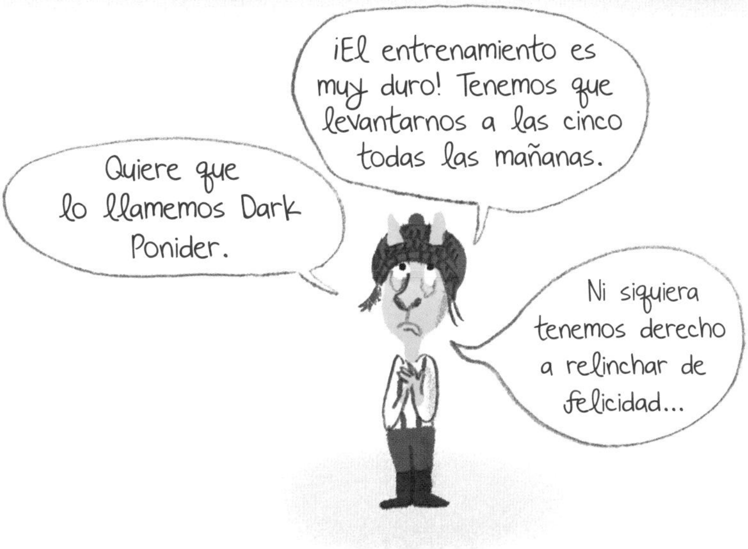
¡El entrenamiento es muy duro! Tenemos que levantarnos a las cinco todas las mañanas.
Quiere que lo llamemos Dark Ponider.
Ni siquiera tenemos derecho a relinchar de felicidad...

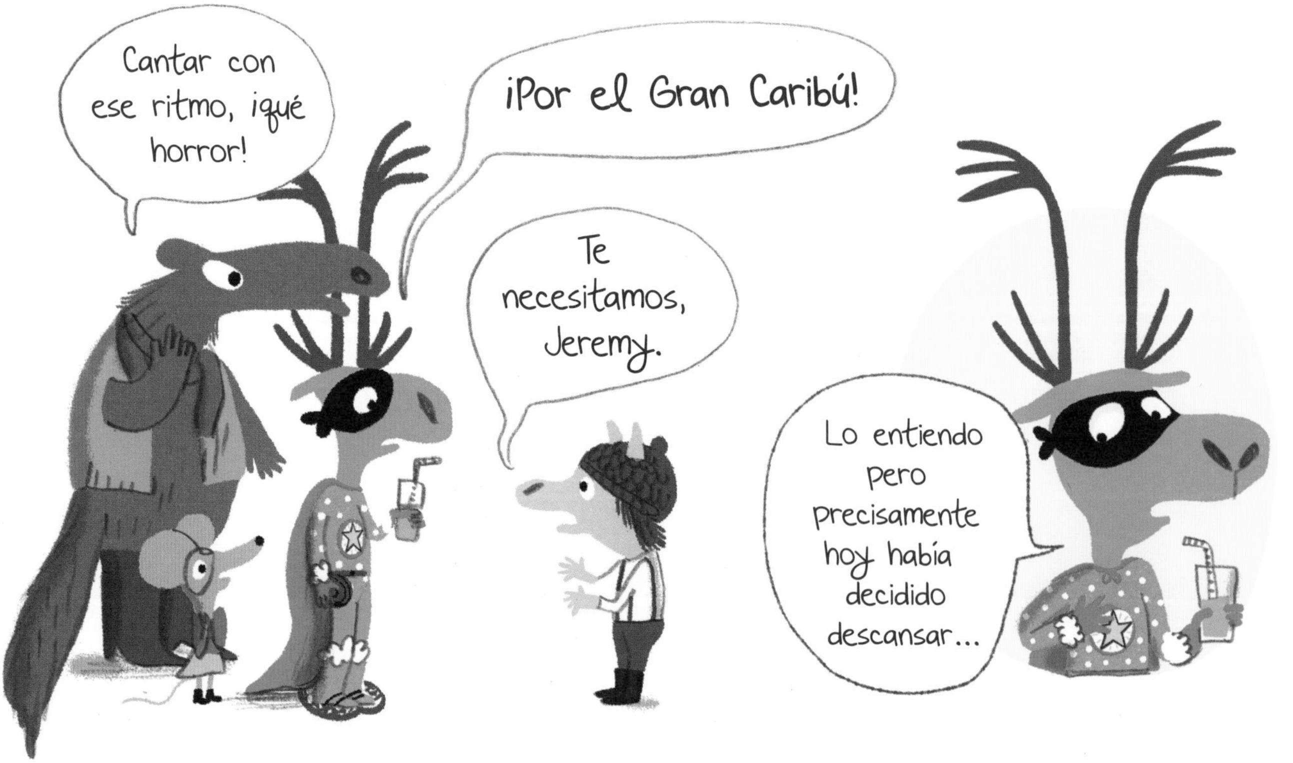
Cantar con ese ritmo, ¡qué horror!
¡Por el Gran Caribú!
Te necesitamos, Jeremy.
Lo entiendo pero precisamente hoy había decidido descansar...

Gisele, la camella, enfadada, interviene en la lengua de signos.

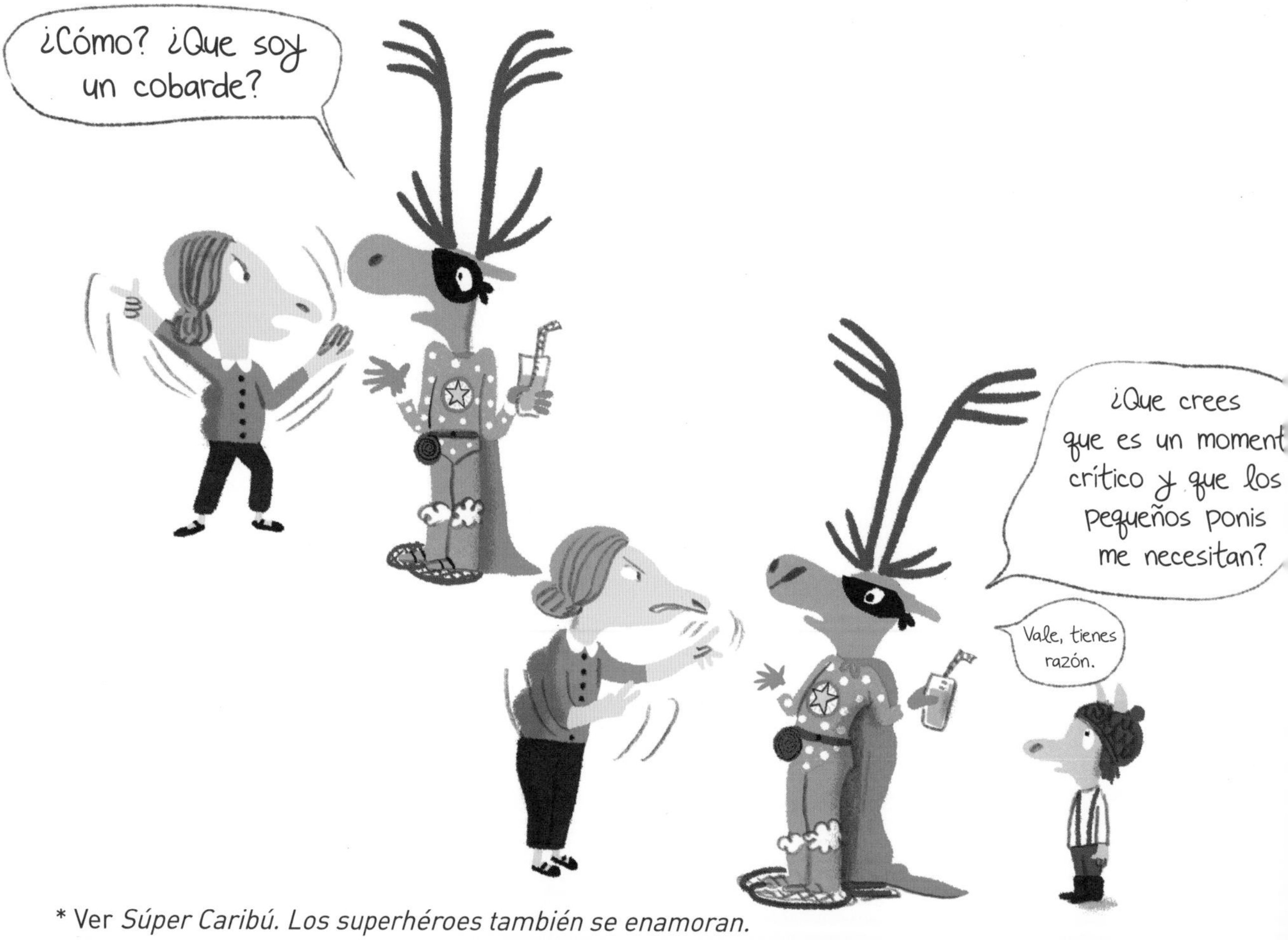
¿Cómo? ¿Que soy un cobarde?
¿Que crees que es un moment crítico y que los pequeños ponis me necesitan?
Vale, tienes razón.

* Ver *Súper Caribú. Los superhéroes también se enamoran.*

Sin pensarlo dos veces, Jeremy toma una decisión: debe salvar a los pequeños ponis de las garras de Dark Ponider.

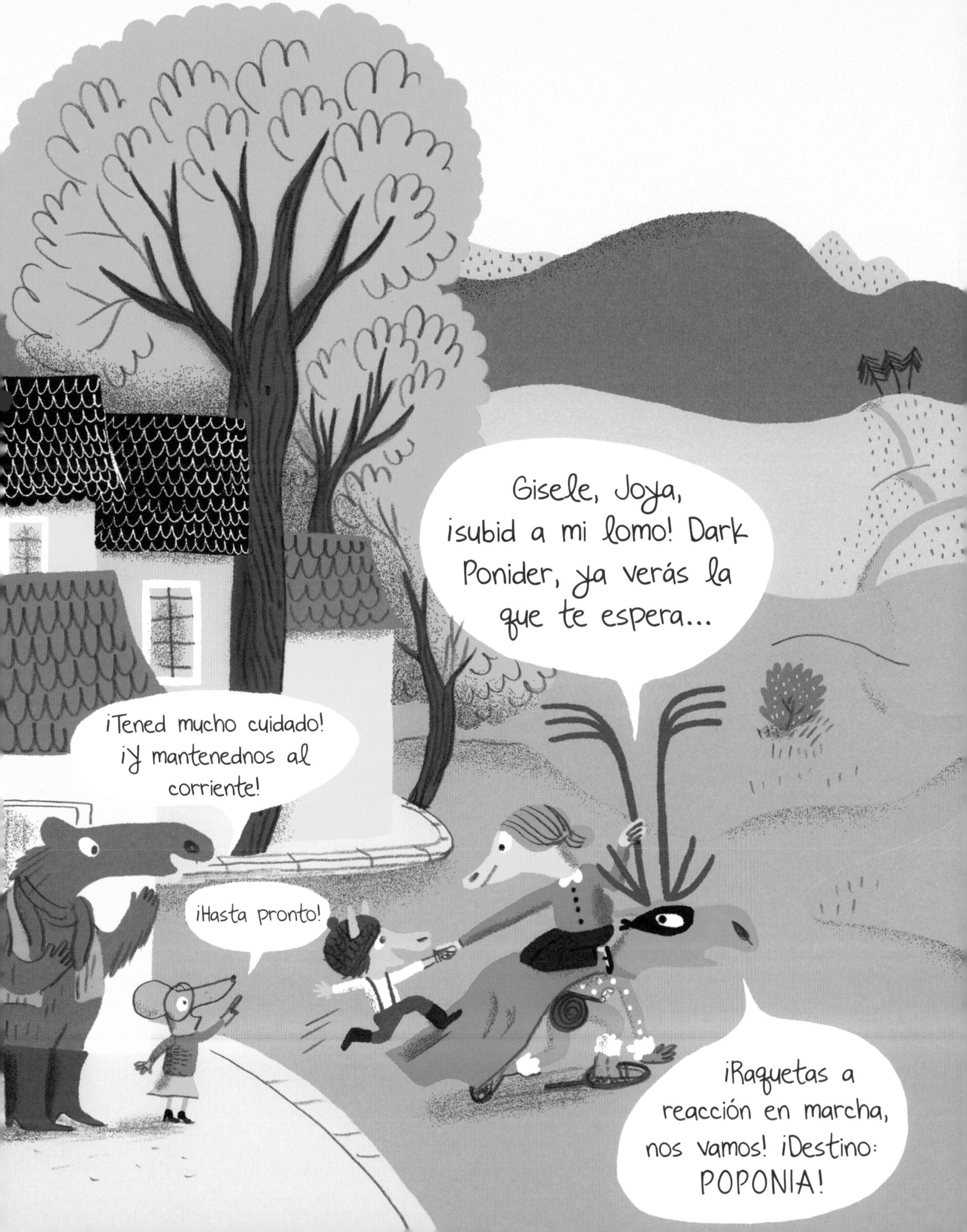
Gisele, Joya, ¡subid a mi lomo! Dark Ponider, ya verás la que te espera...
¡Tened mucho cuidado! ¡Y mantenednos al corriente!
¡Hasta pronto!
¡Raquetas a reacción en marcha, nos vamos! ¡Destino: POPONIA!

Poco después, Jeremy, Gisele y Joya llegan a Poponia.

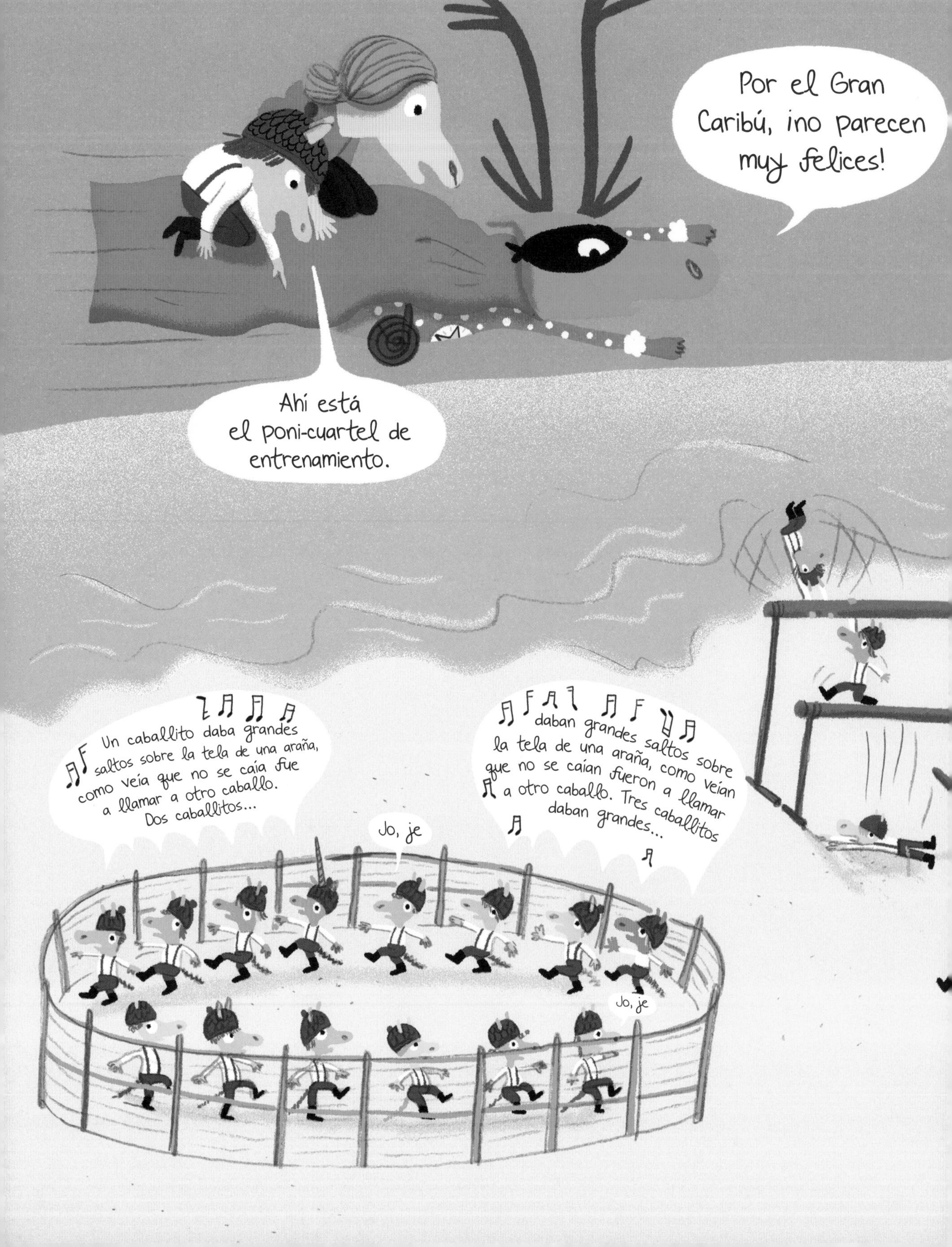
Por el Gran Caribú, ¡no parecen muy felices!
Ahí está el poni-cuartel de entrenamiento.
Un caballito daba grandes saltos sobre la tela de una araña, como veía que no se caía fue a llamar a otro caballo. Dos caballitos...
daban grandes saltos sobre la tela de una araña, como veían que no se caían fueron a llamar a otro caballo. Tres caballitos daban grandes...
Jo, je
Jo, je

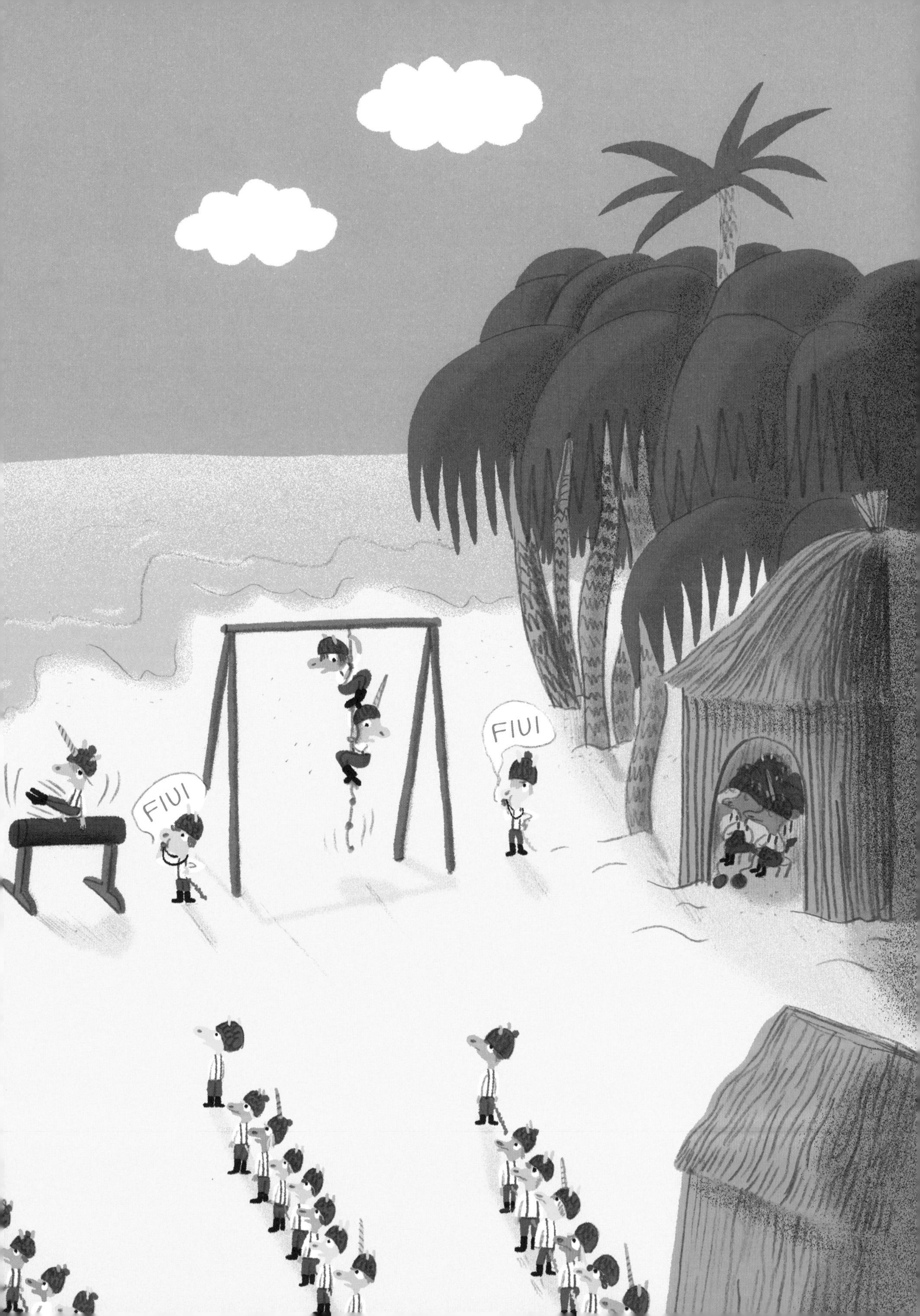
FIUI
FIUI

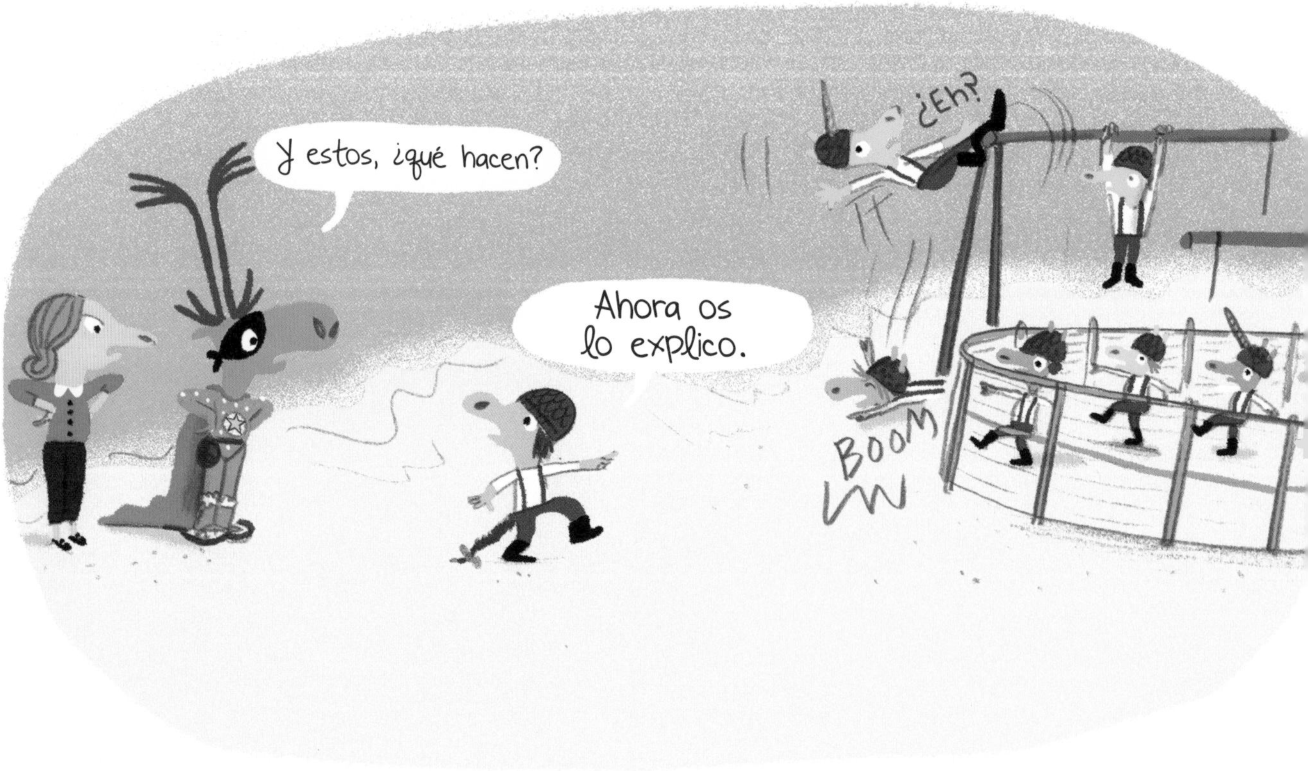
Y estos, ¿qué hacen?
Ahora os lo explico.
¿Eh?
BOOM

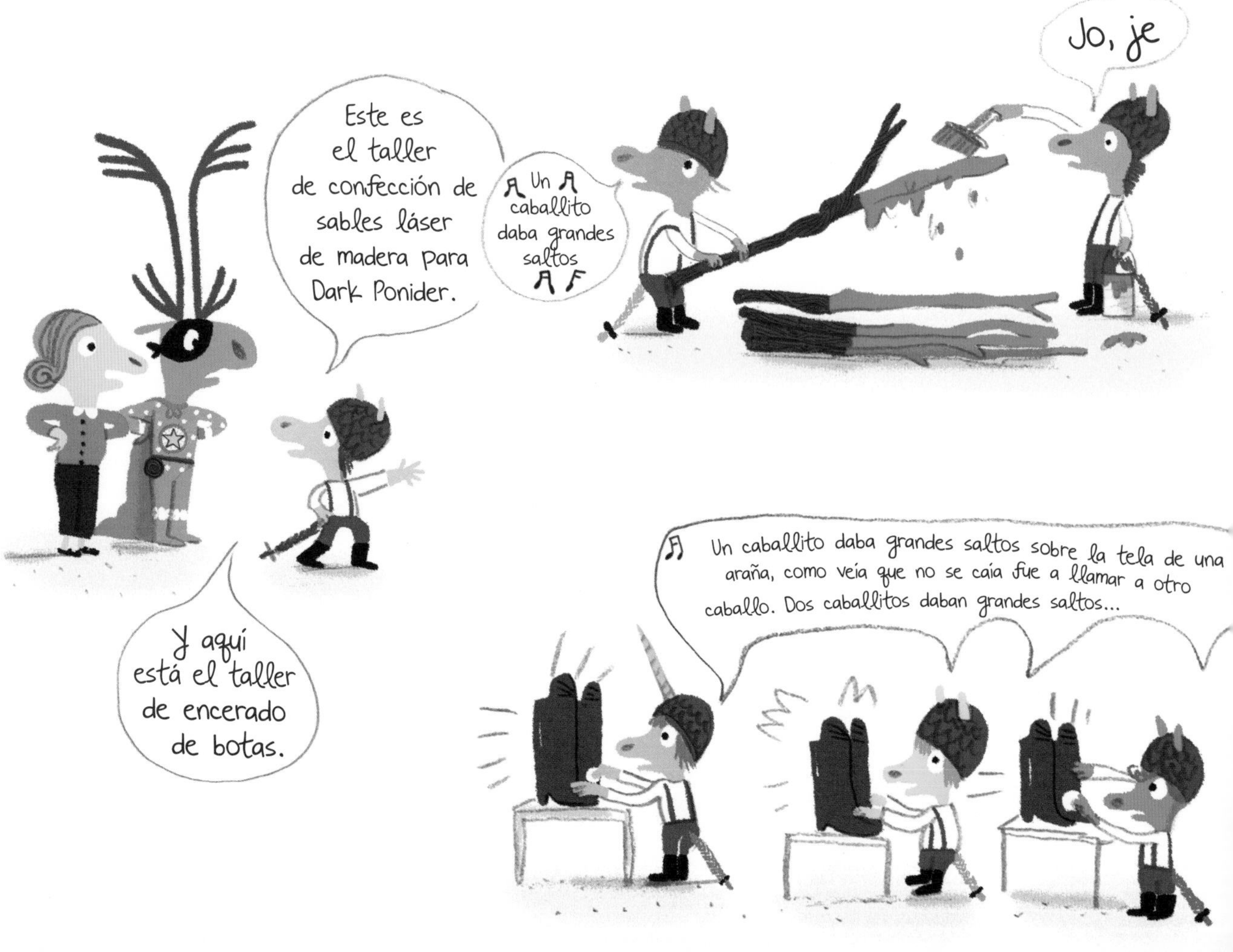
Este es el taller de confección de sables láser de madera para Dark Ponider.
Un caballito daba grandes saltos
Jo, je
Y aquí está el taller de encerado de botas.
Un caballito daba grandes saltos sobre la tela de una araña, como veía que no se caía fue a llamar a otro caballo. Dos caballitos daban grandes saltos...

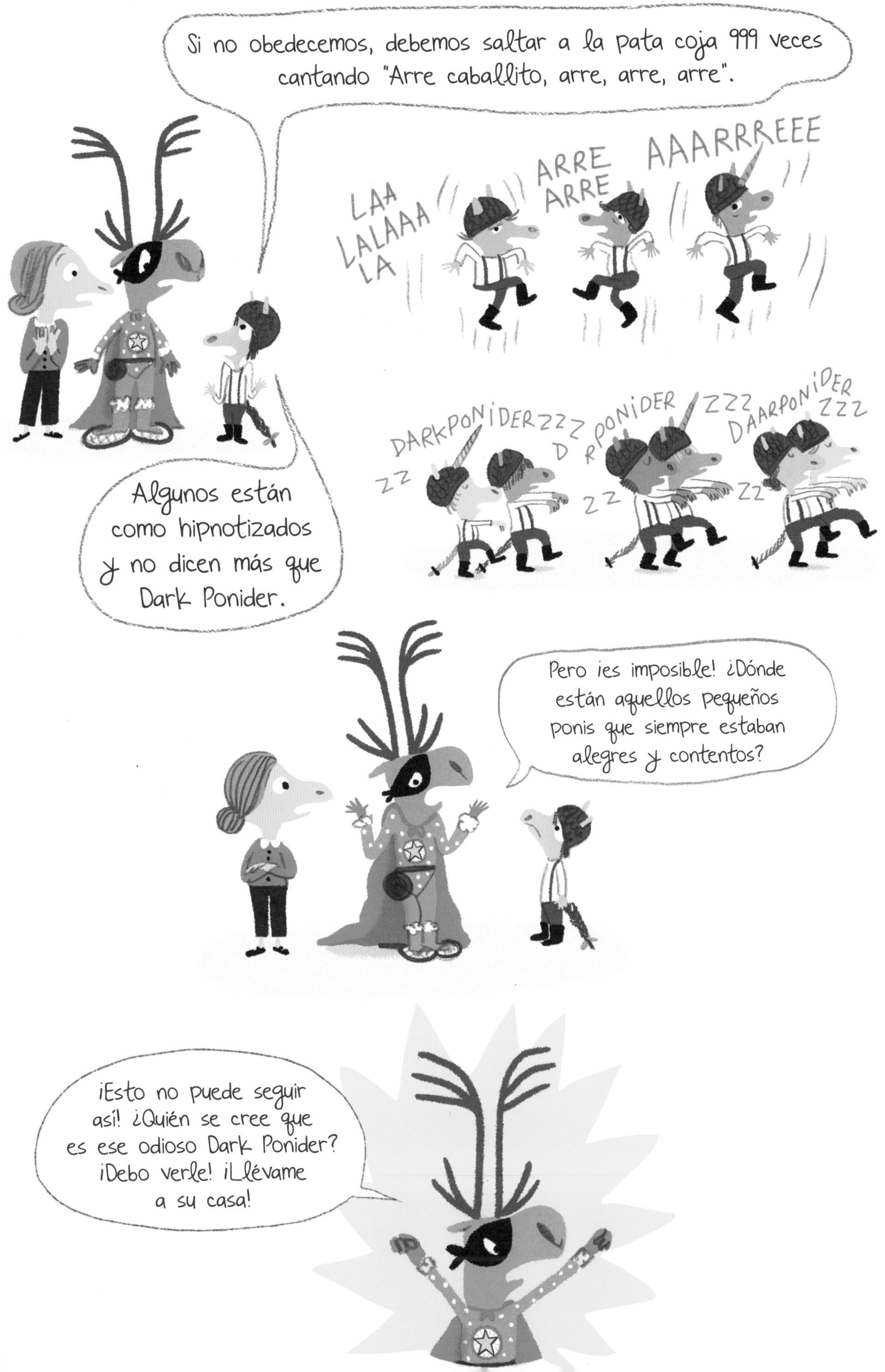
Si no obedecemos, debemos saltar a la pata coja 999 veces cantando "Arre caballito, arre, arre, arre".
LAA LALAAA LA
ARRE ARRE
AAARRREEE
Algunos están como hipnotizados y no dicen más que Dark Ponider.
ZZ
DARKPONIDERZZZ
D R PONIDER
ZZ
ZZZ
DAARPONIDER
ZZZ
ZZ
Pero ¡es imposible! ¿Dónde están aquellos pequeños ponis que siempre estaban alegres y contentos?
¡Esto no puede seguir así! ¿Quién se cree que es ese odioso Dark Ponider? ¡Debo verle! ¡Llévame a su casa!

En el palacio de Dark Ponider...

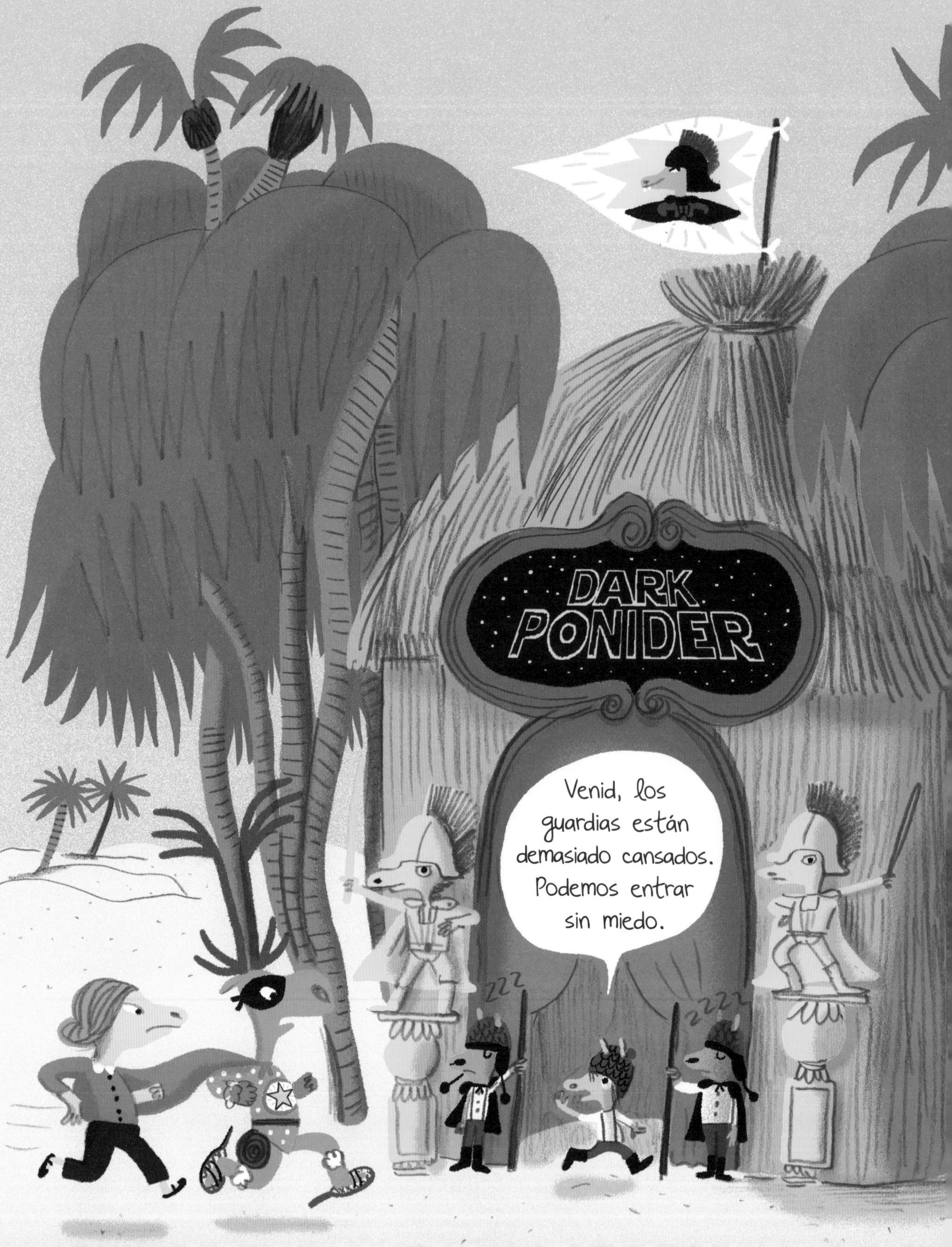
DARK PONIDER
Venid, los guardias están demasiado cansados. Podemos entrar sin miedo.
ZZZ
ZZZZ

Ya en el interior, Jeremy, Gisele y Joya se ocultan para observar a Dark Ponider. Está a punto de hacer repetir el espectáculo.

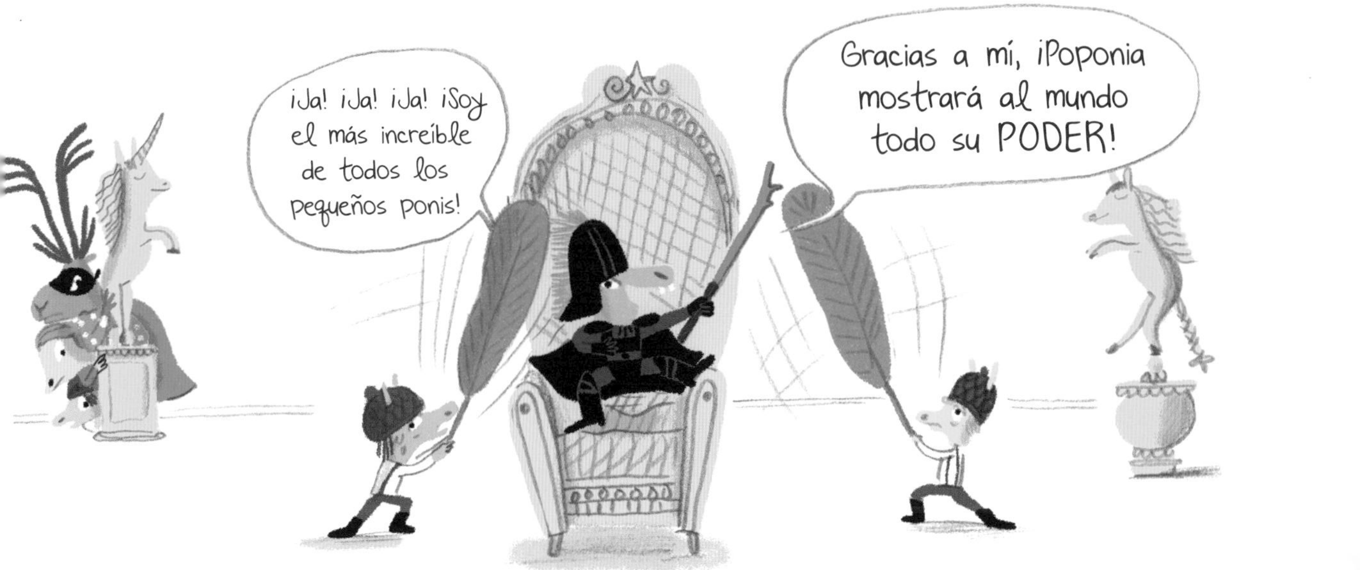
¡Ja! ¡Ja! ¡Ja! ¡Soy el más increíble de todos los pequeños ponis!
Gracias a mí, ¡Poponia mostrará al mundo todo su PODER!

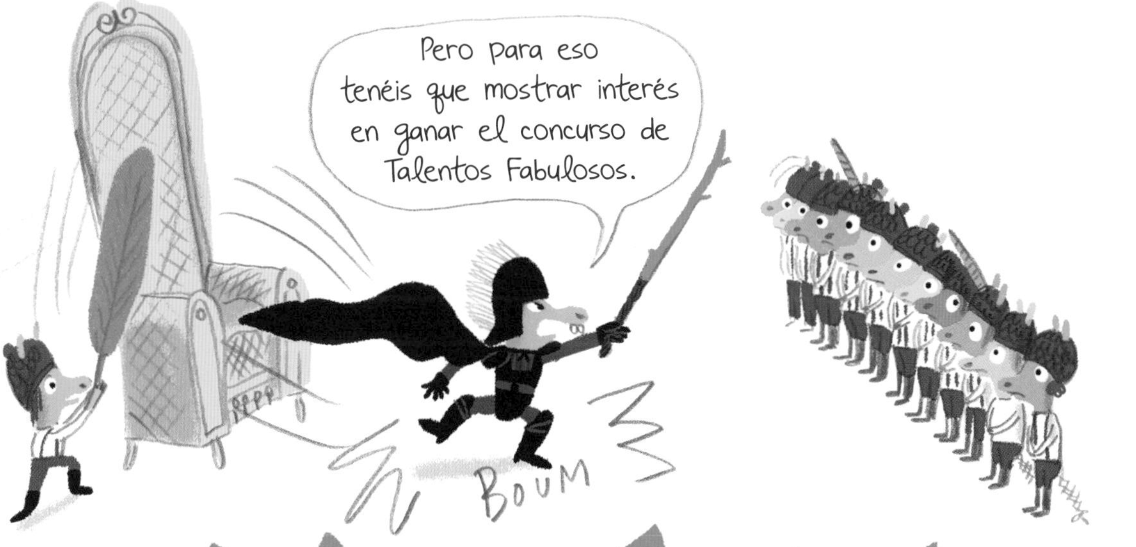
Pero para eso tenéis que mostrar interés en ganar el concurso de Talentos Fabulosos.
BOUM

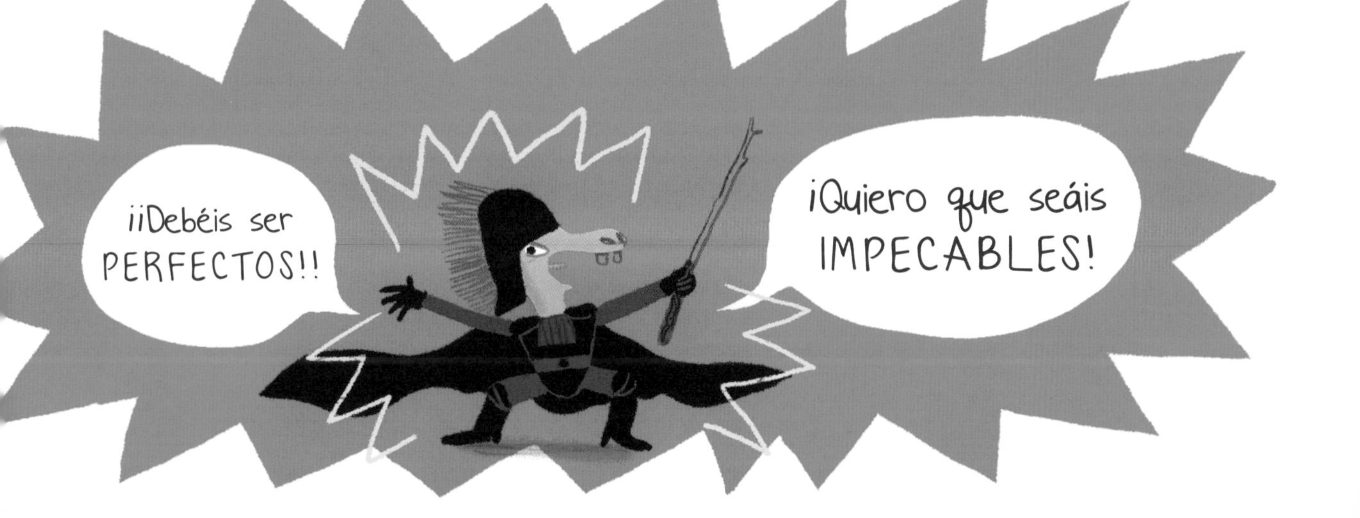
¡¡Debéis ser PERFECTOS!!
¡Quiero que seáis IMPECABLES!

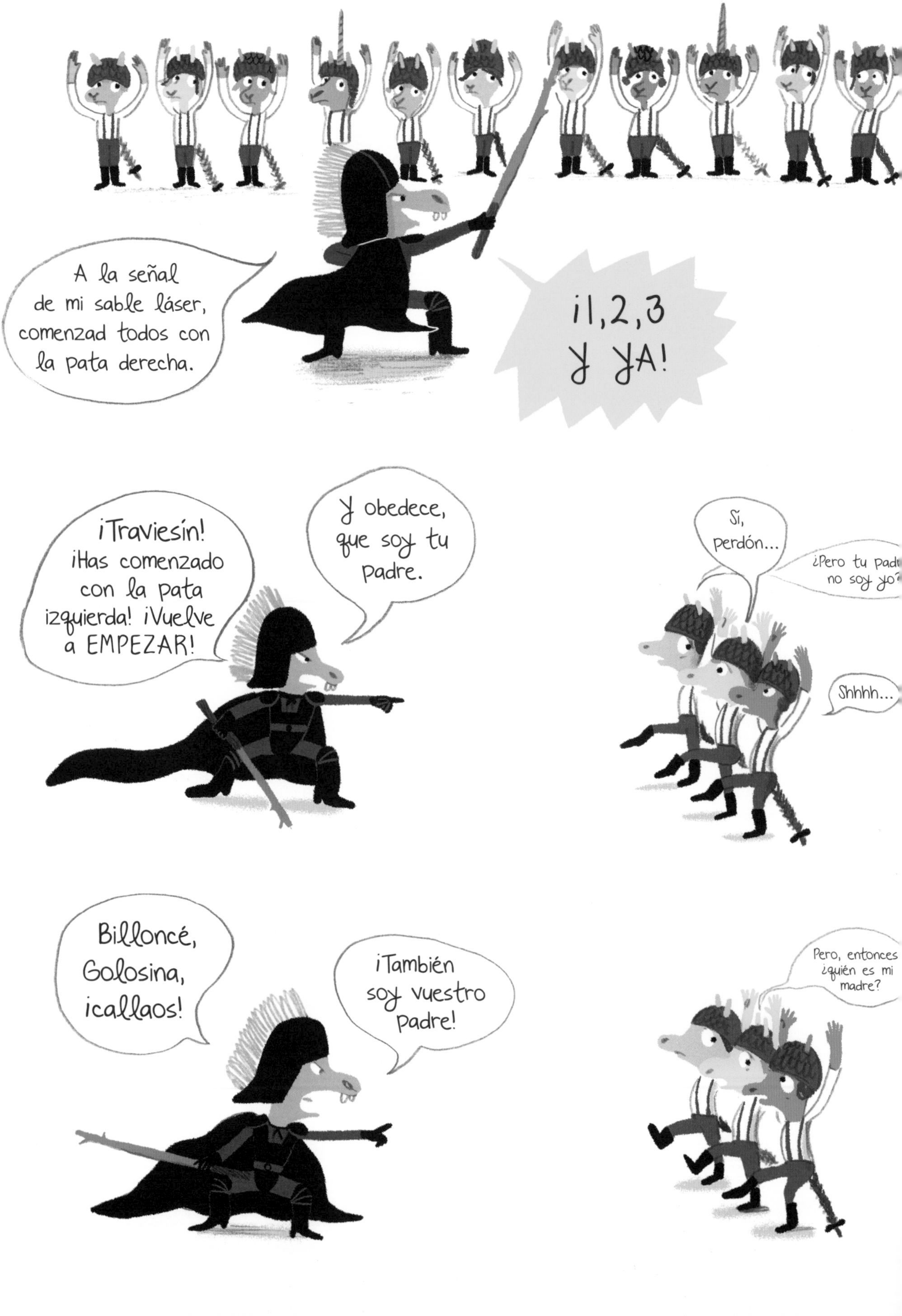
A la señal de mi sable láser, comenzad todos con la pata derecha.
¡1, 2, 3 Y YA!
¡Traviesín! ¡Has comenzado con la pata izquierda! ¡Vuelve a EMPEZAR!
Y obedece, que soy tu padre.
Sí, perdón...
¿Pero tu pad no soy yo?
Shhhh...
Billoncé, Golosina, ¡callaos!
¡También soy vuestro padre!
Pero, entonces ¿quién es mi madre?

Loco de furia, Jeremy decide intervenir.

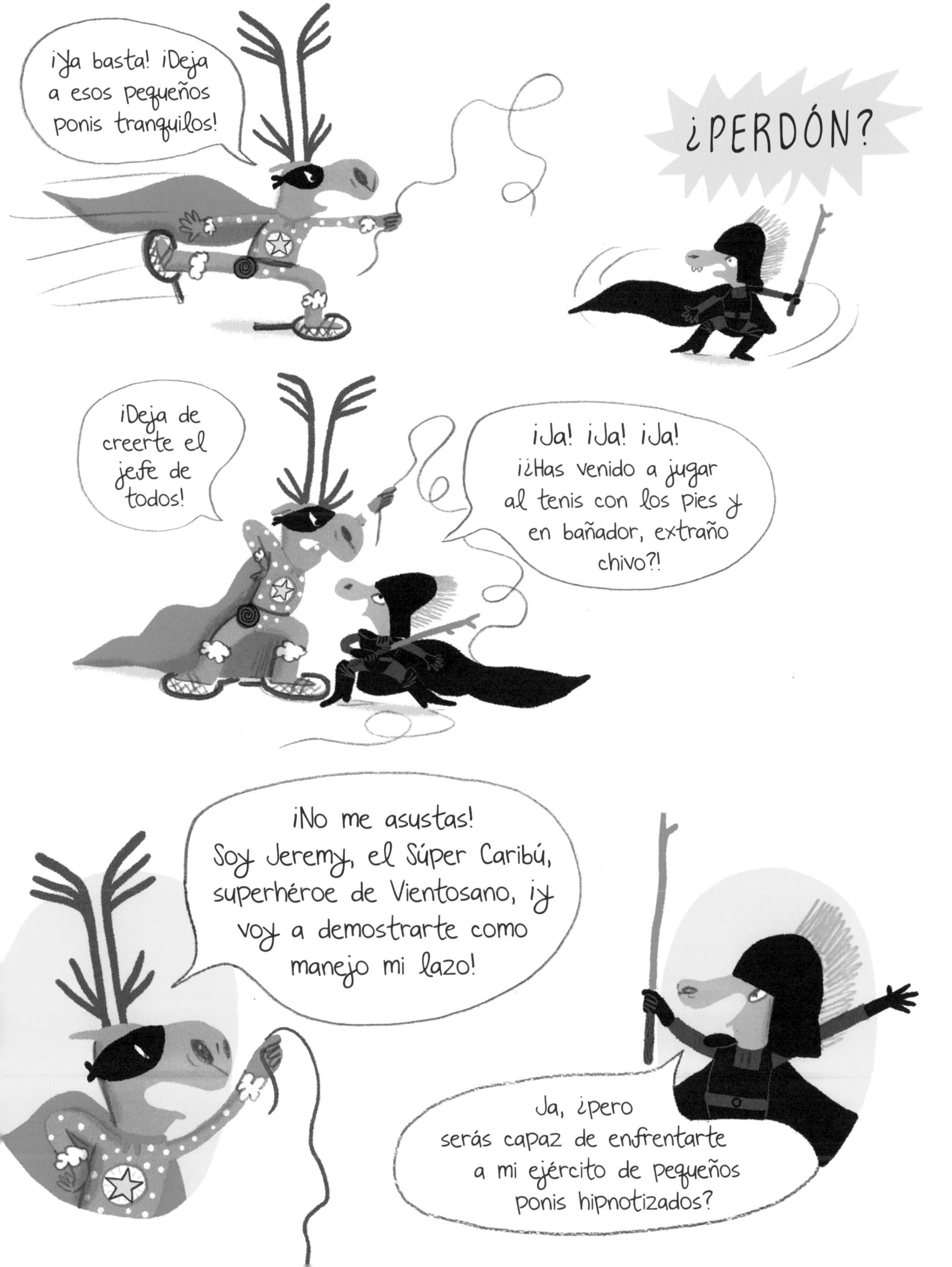
¡Ya basta! ¡Deja a esos pequeños ponis tranquilos!
¿PERDÓN?
¡Deja de creerte el jefe de todos!
¡Ja! ¡Ja! ¡Ja! ¡¿Has venido a jugar al tenis con los pies y en bañador, extraño chivo?!
¡No me asustas! Soy Jeremy, el Súper Caribú, superhéroe de Vientosano, ¡y voy a demostrarte como manejo mi lazo!
Ja, ¿pero serás capaz de enfrentarte a mi ejército de pequeños ponis hipnotizados?

Jeremy se gira y descubre un centenar de pequeños ponis hipnotizados listos para abalanzarse sobre él.

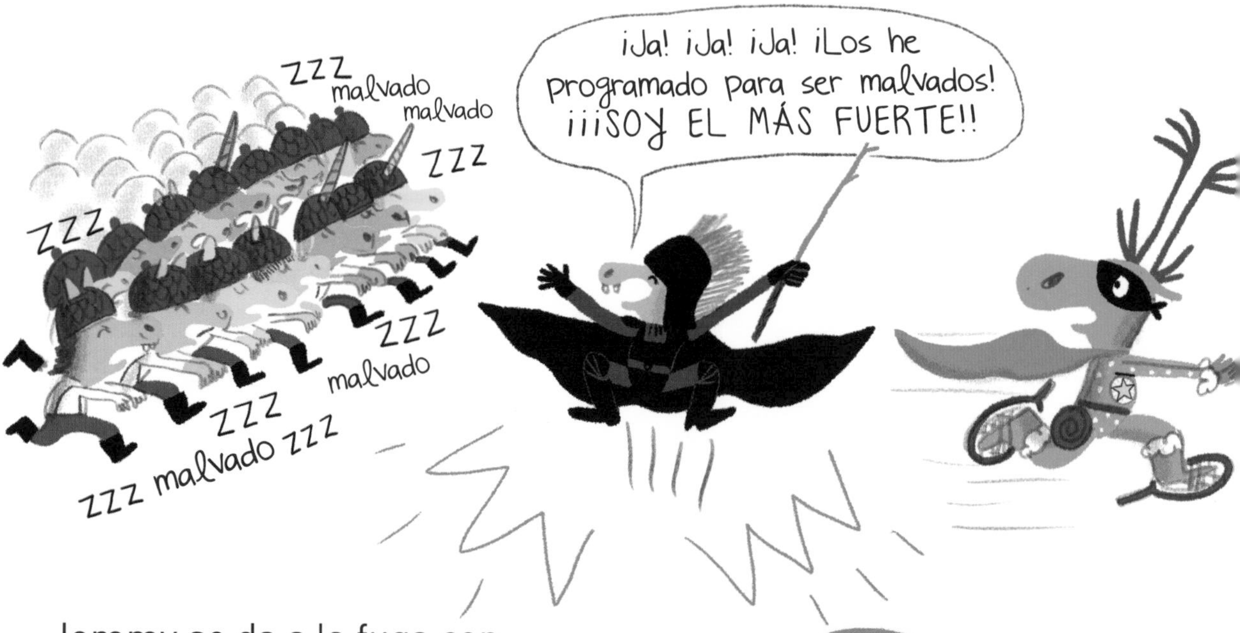
zzz
malvado
malvado
zzz
zzz
zzz
malvado
zzz
zzz malvado zzz
¡Ja! ¡Ja! ¡Ja! ¡Los he programado para ser malvados! ¡¡¡SOY EL MÁS FUERTE!!!

Jeremy se da a la fuga con Gisele y Joya.

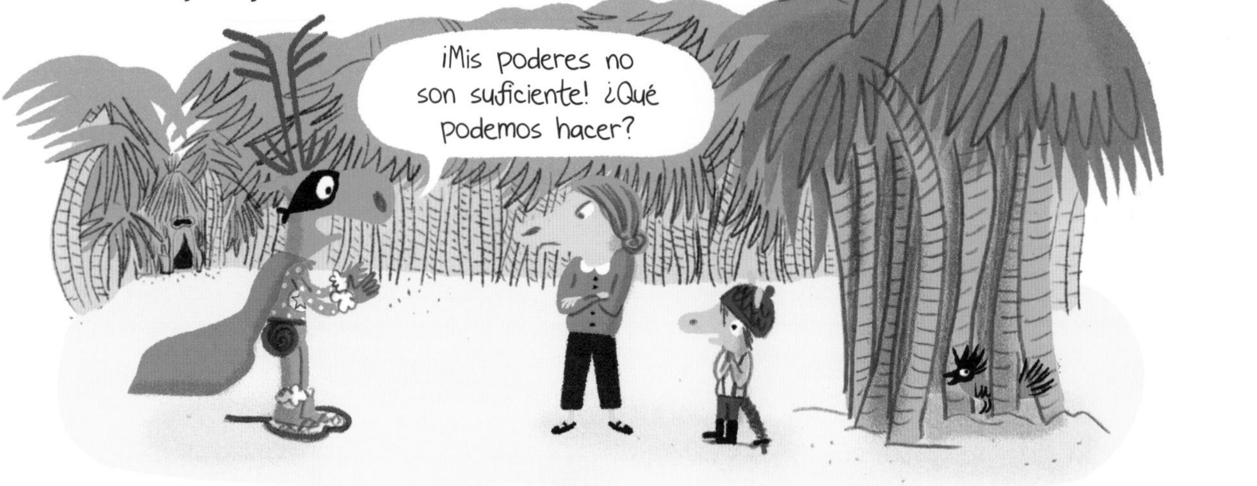
¡Mis poderes no son suficiente! ¿Qué podemos hacer?

Gisele parece tener una idea.

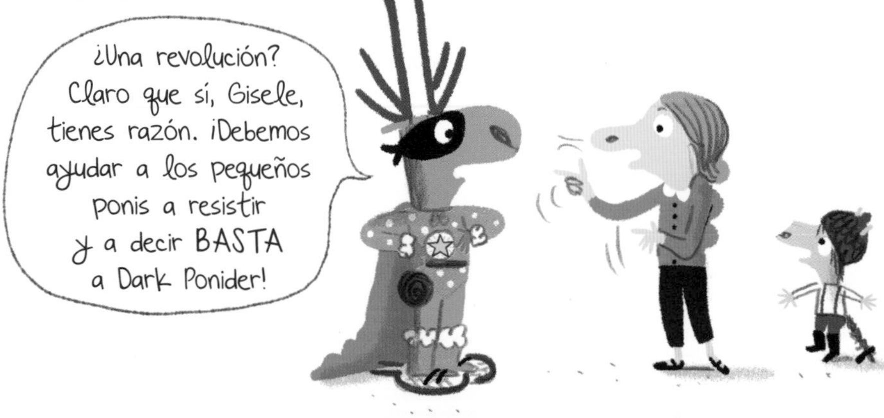
¿Una revolución? Claro que sí, Gisele, tienes razón. ¡Debemos ayudar a los pequeños ponis a resistir y a decir BASTA a Dark Ponider!

De repente aparece en el cielo el globo aerostático de Albert con todos los amigos de Vientosano.

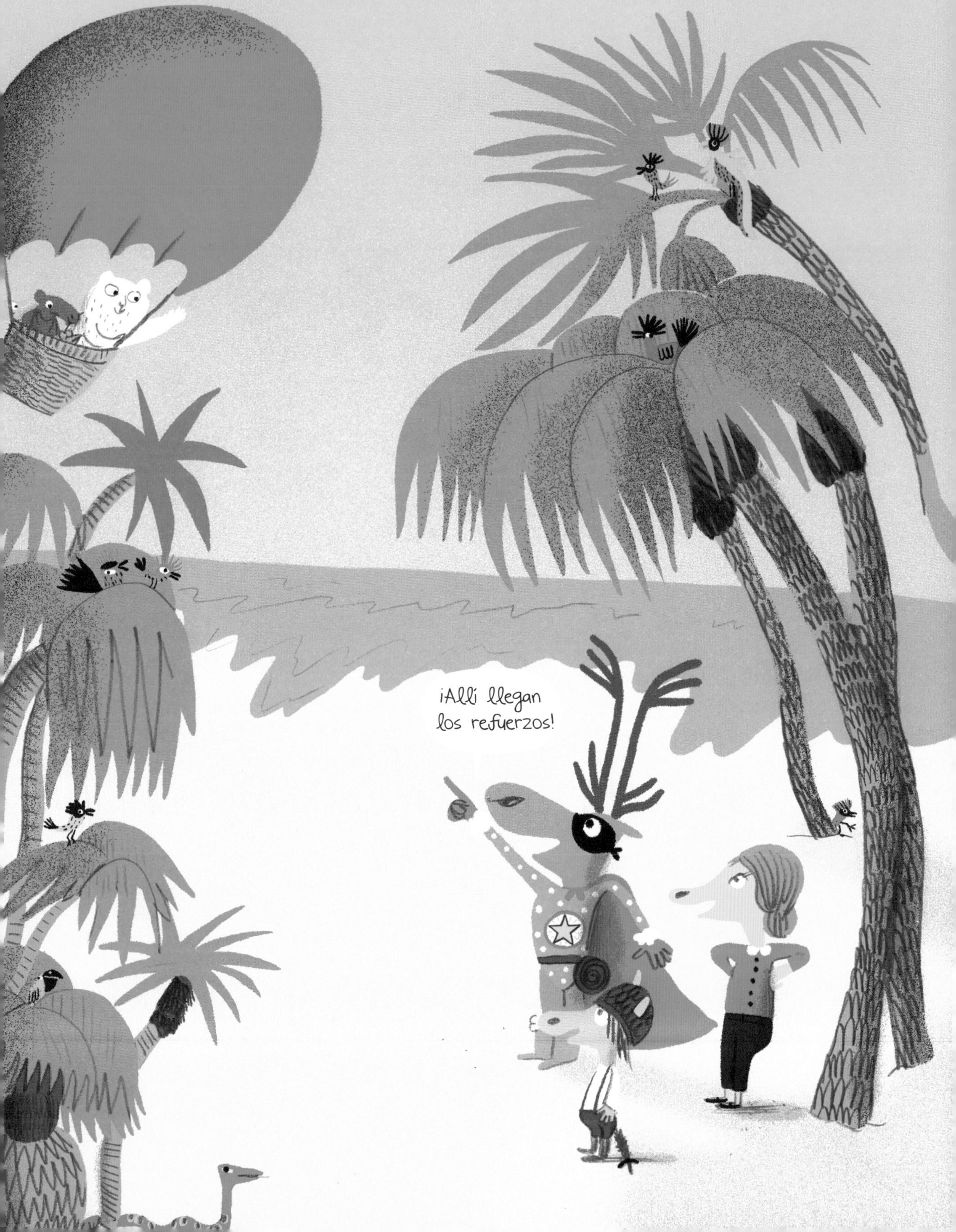
¡Allí llegan los refuerzos!

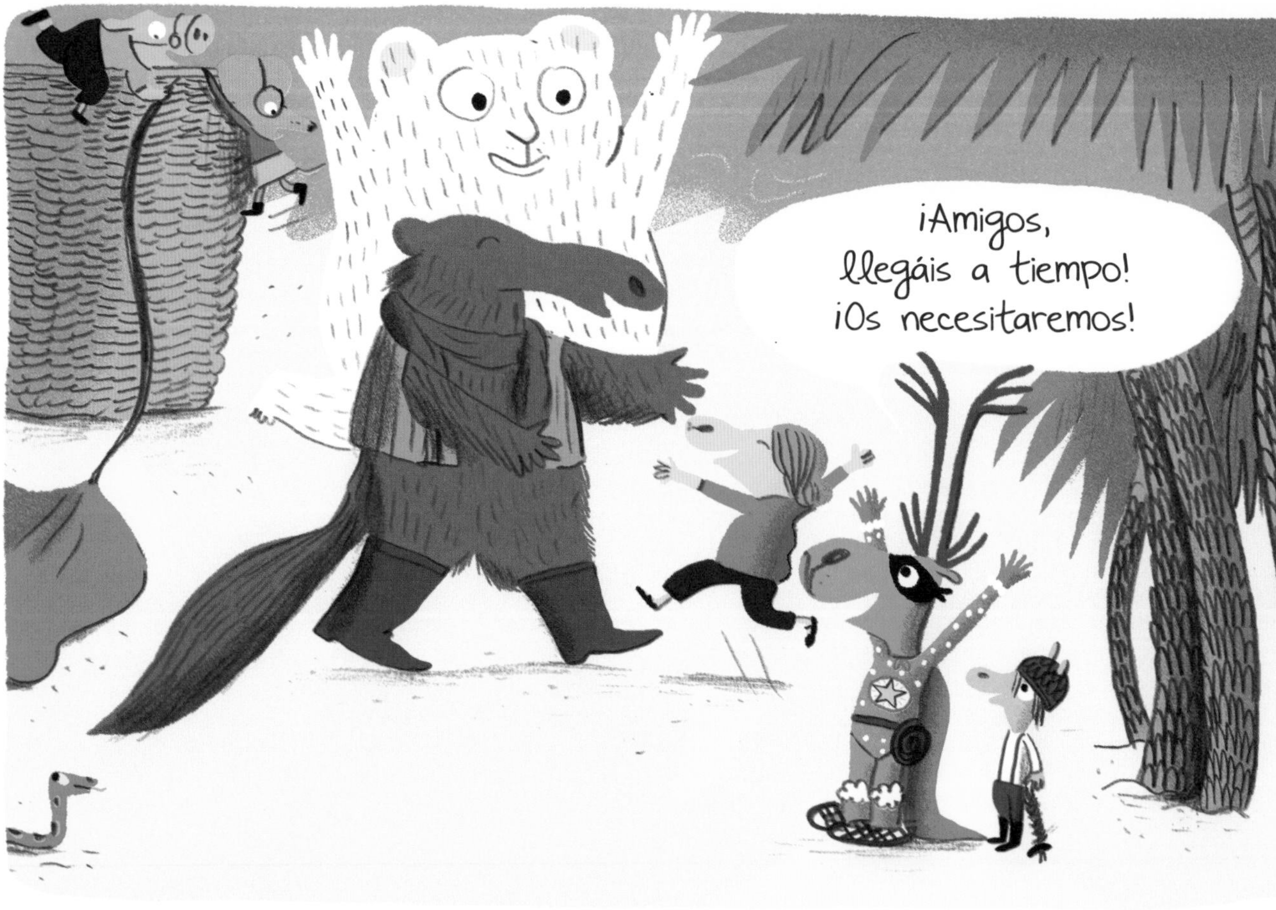
¡Amigos, llegáis a tiempo! ¡Os necesitaremos!

Jeremy y Gisele les explican su plan.

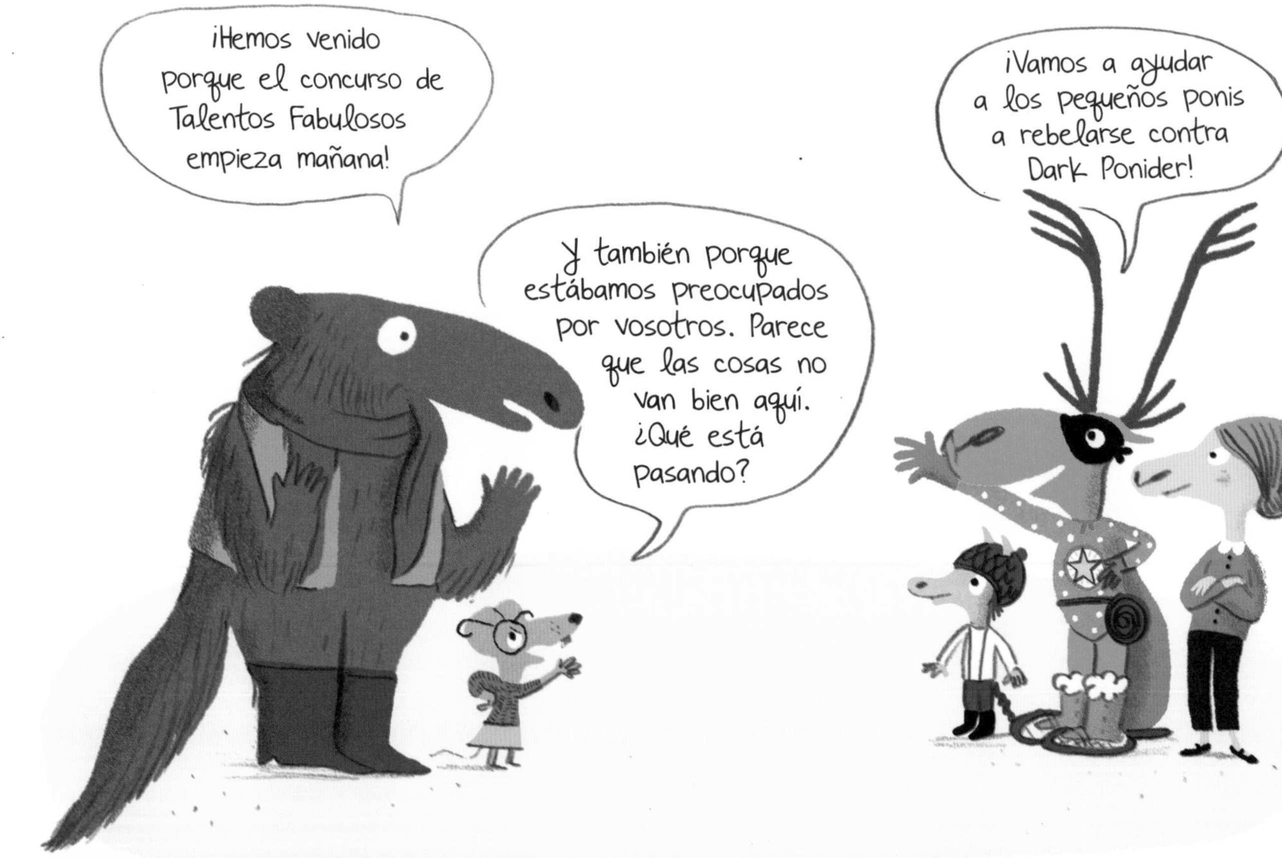
¡Hemos venido porque el concurso de Talentos Fabulosos empieza mañana!
Y también porque estábamos preocupados por vosotros. Parece que las cosas no van bien aquí. ¿Qué está pasando?
¡Vamos a ayudar a los pequeños ponis a rebelarse contra Dark Ponider!

Sin perder un instante, Joya los lleva a conocer a sus amigos ponis para reunir las tropas.

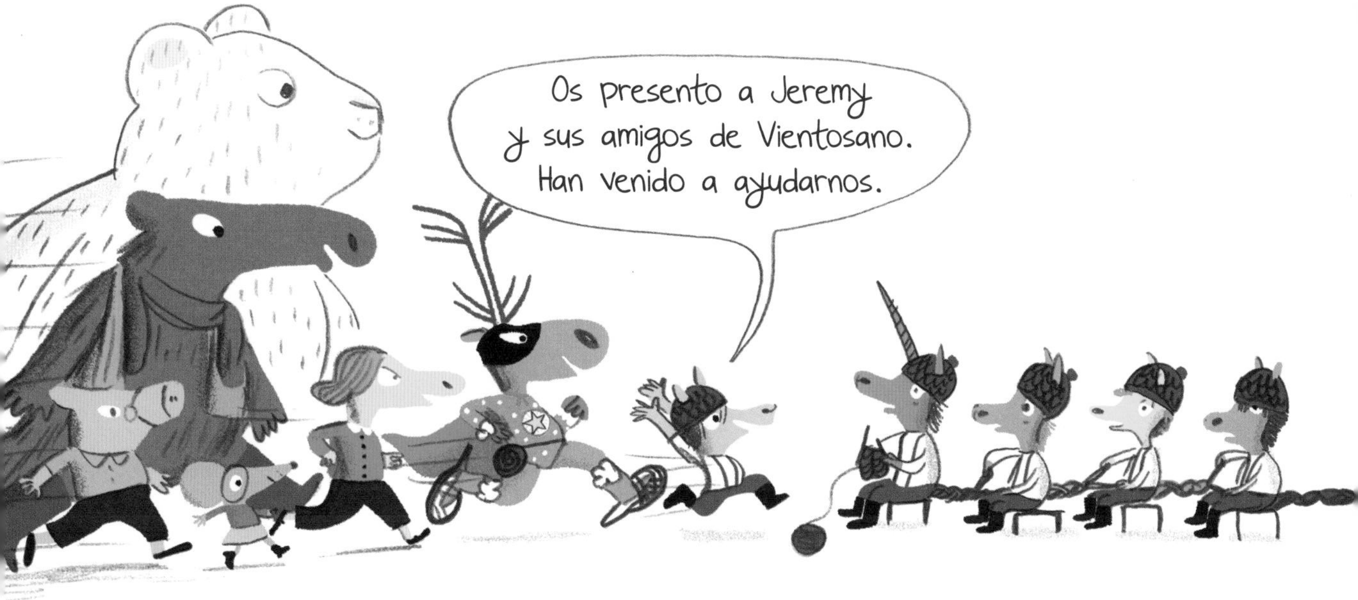

Os presento a Jeremy y sus amigos de Vientosano. Han venido a ayudarnos.

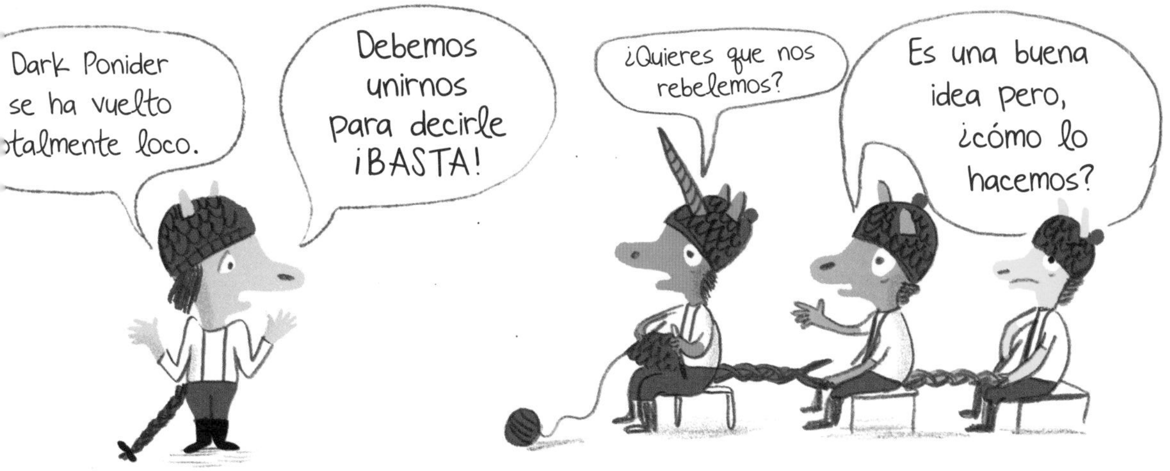

Dark Ponider se ha vuelto talmente loco.
Debemos unirnos para decirle ¡BASTA!
¿Quieres que nos rebelemos?
Es una buena idea pero, ¿cómo lo hacemos?

Albert, el oso polar, parece tener una idea.

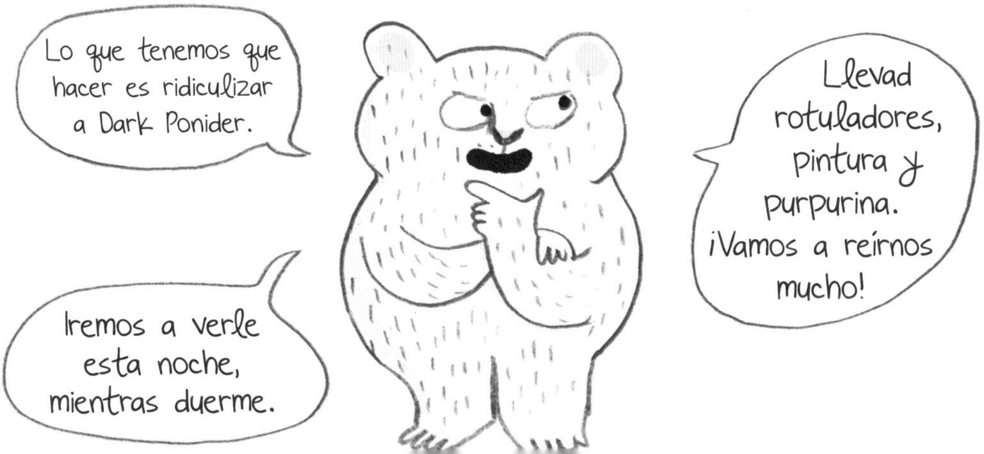

Lo que tenemos que hacer es ridiculizar a Dark Ponider.
Iremos a verle esta noche, mientras duerme.
Llevad rotuladores, pintura y purpurina. ¡Vamos a reírnos mucho!

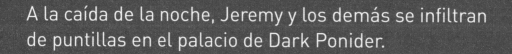

A la caída de la noche, Jeremy y los demás se infiltran de puntillas en el palacio de Dark Ponider.

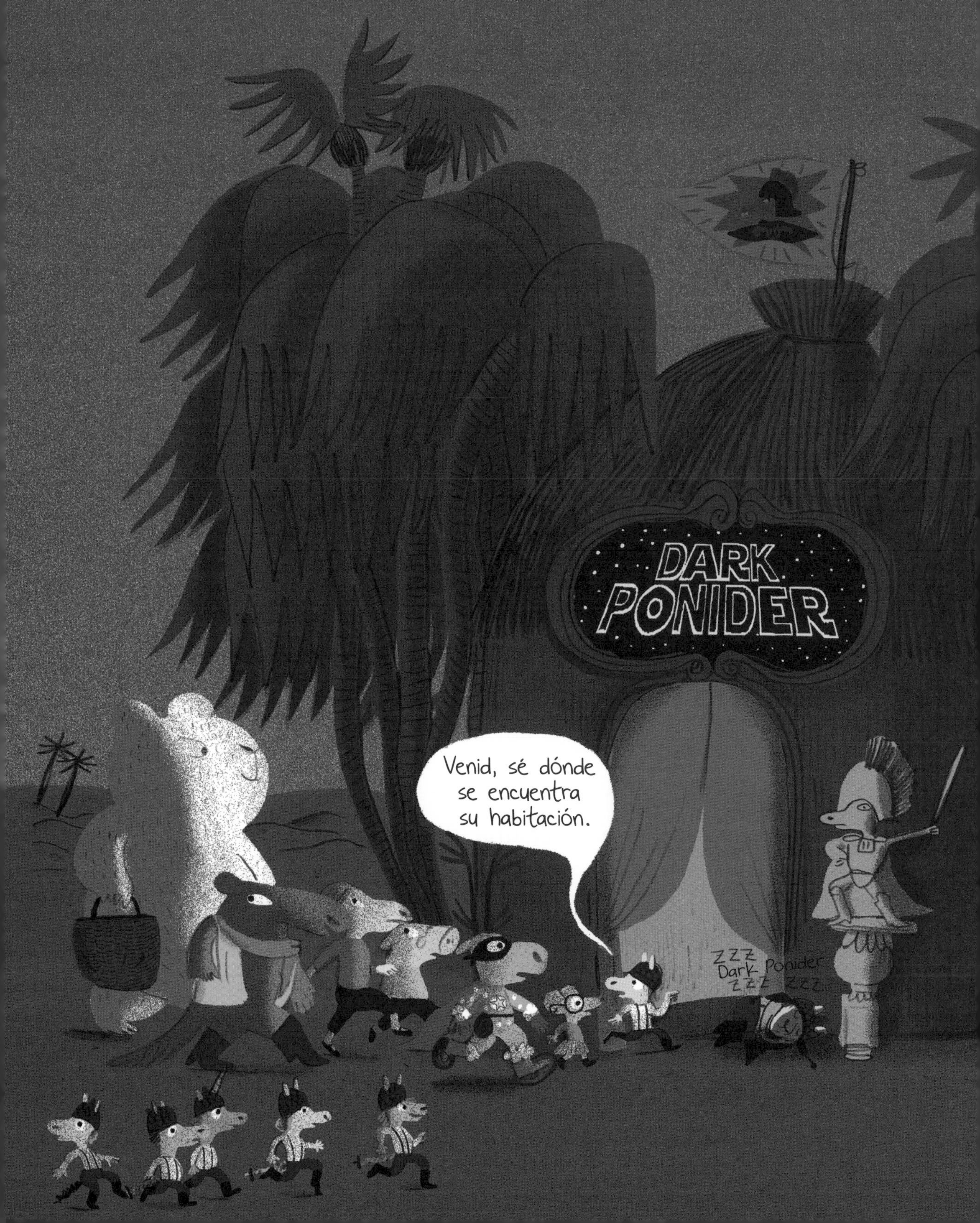
DARK PONIDER
Venid, sé dónde se encuentra su habitación.
ZZZ Dark Ponider ZZZ ZZZ

Llegan a la habitación de Dark Ponider,
que duerme como un bebé...

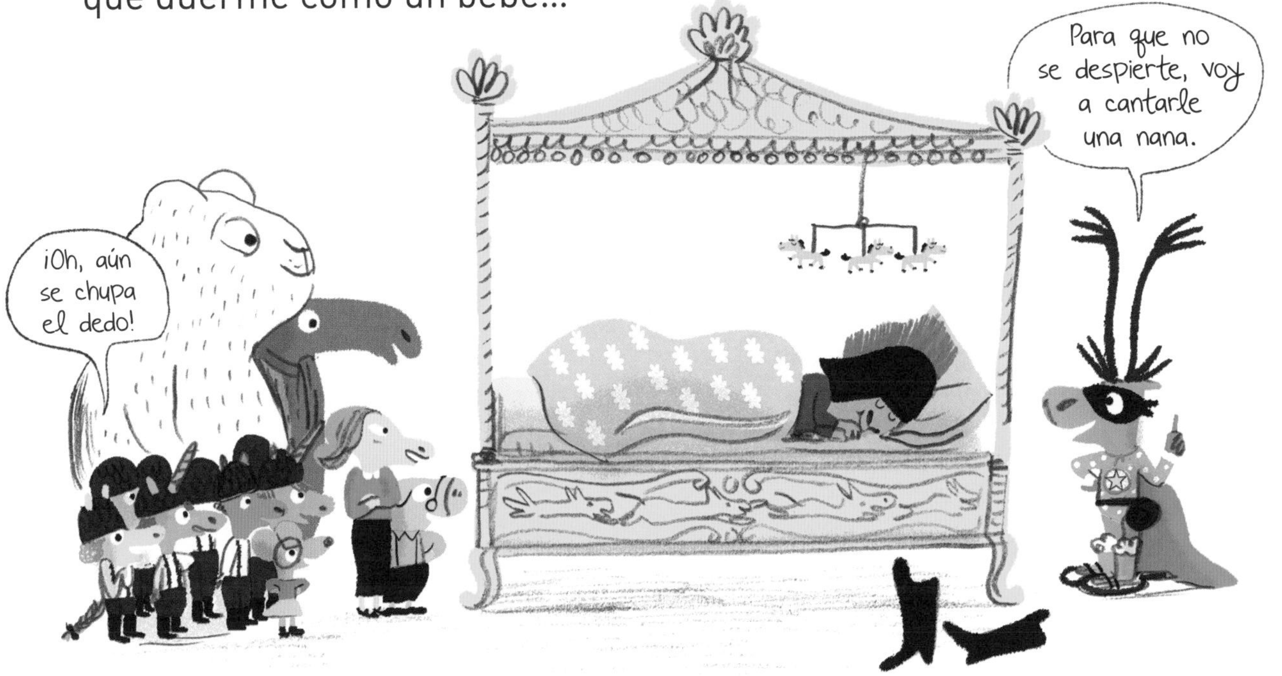
¡Oh, aún se chupa el dedo!
Para que no se despierte, voy a cantarle una nana.

Todos se ponen a trabajar.
Arrullado por Jeremy, ¡Dark Ponider no se da cuenta de nada!

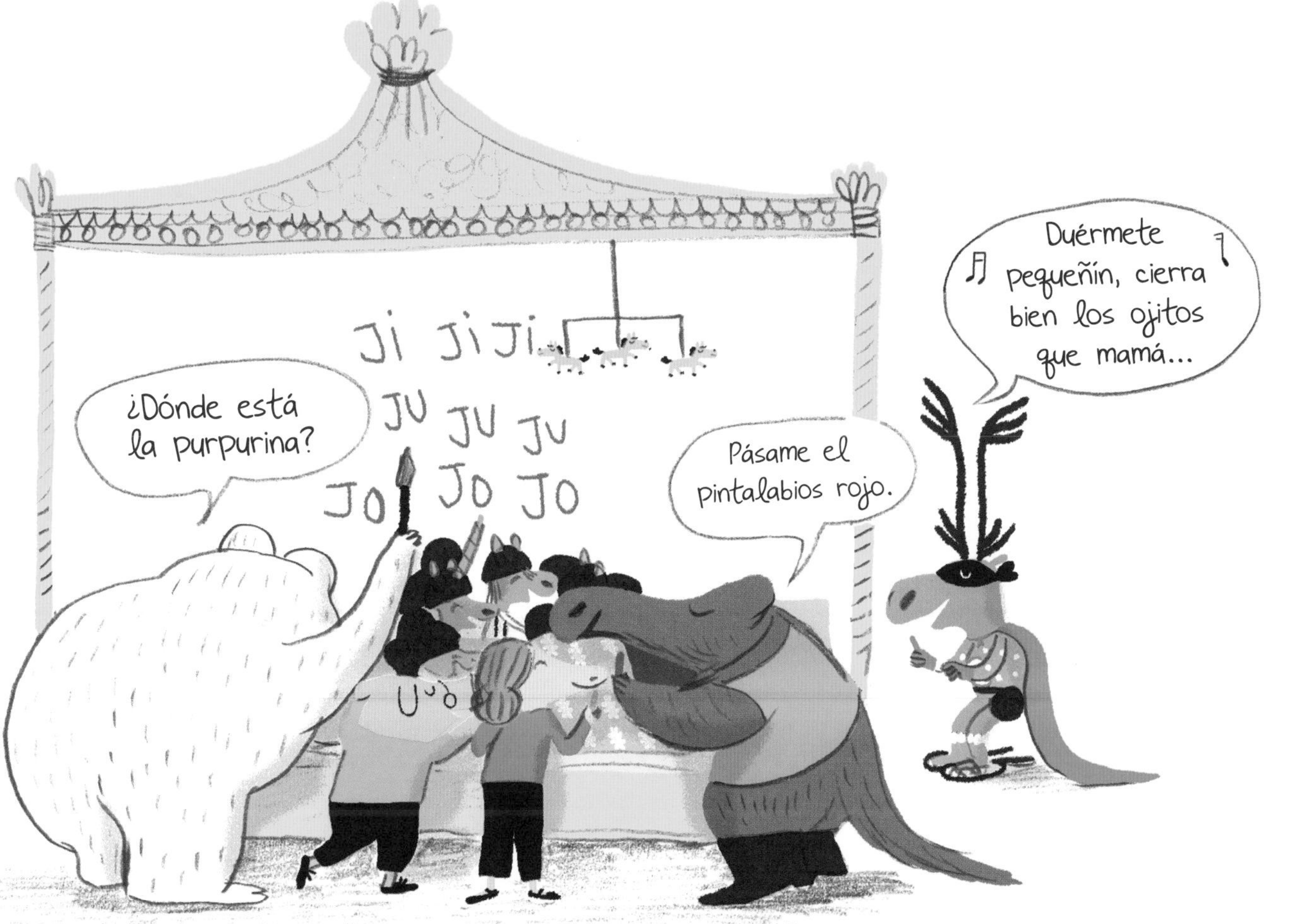
Duérmete pequeñín, cierra bien los ojitos que mamá...
Ji Ji Ji
JU JU JU
JO JO JO
¿Dónde está la purpurina?
Pásame el pintalabios rojo.

A la mañana siguiente, ¡comienza el concurso de Talentos Fabulosos! Los números se encadenan unos tras otros.

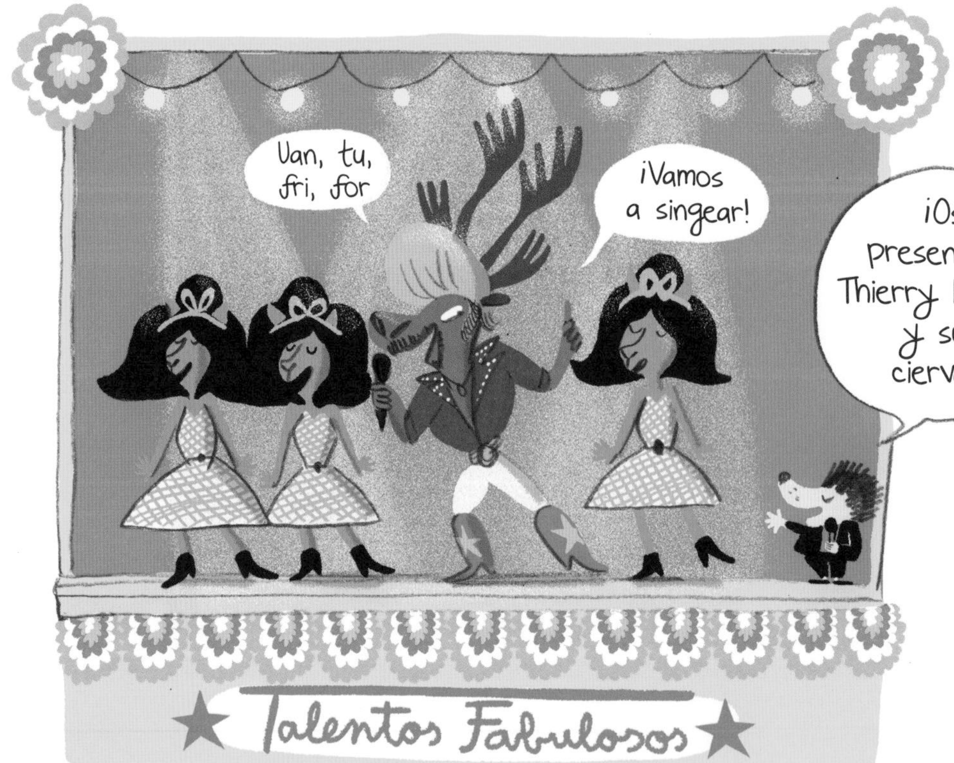
Van, tu, fri, for
¡Vamos a singear!
¡Os presento a Thierry Bramar y sus ciervas!
Talentos Fabulosos

Y claro, Francis participa, acompañado a la guitarra por Edmond.

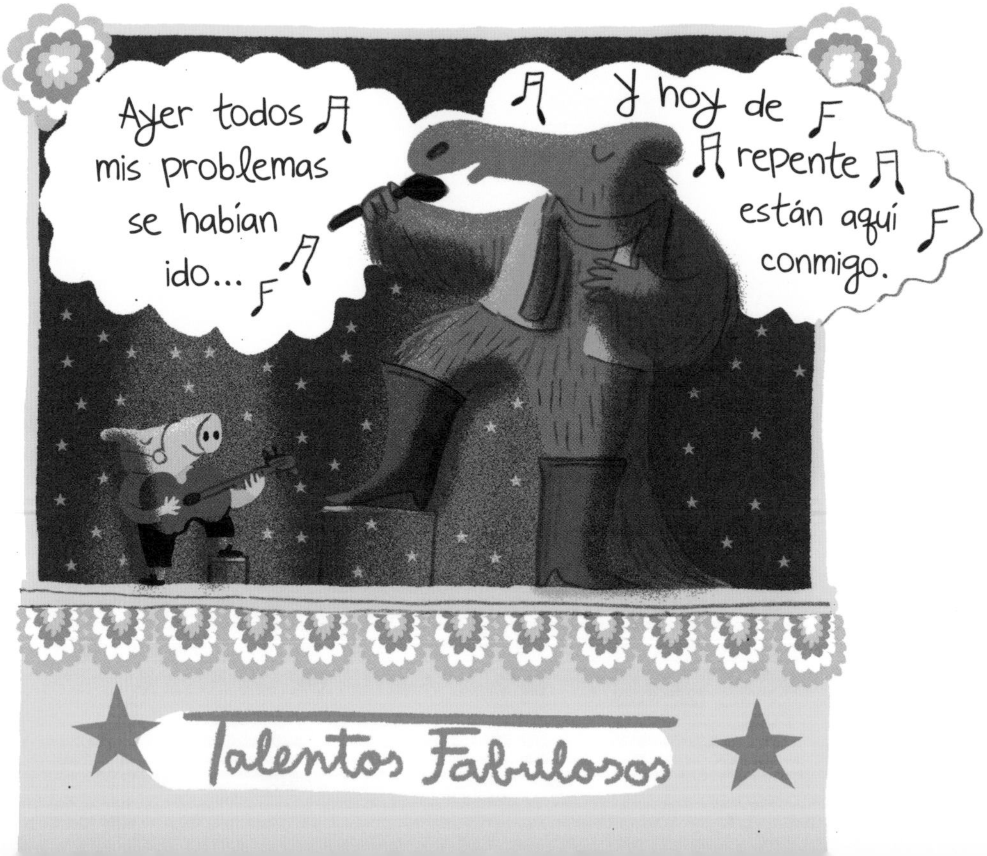
Ayer todos mis problemas se habían ido...
Y hoy de repente están aquí conmigo.
Talentos Fabulosos

El público asiste a sorprendentes actuaciones...

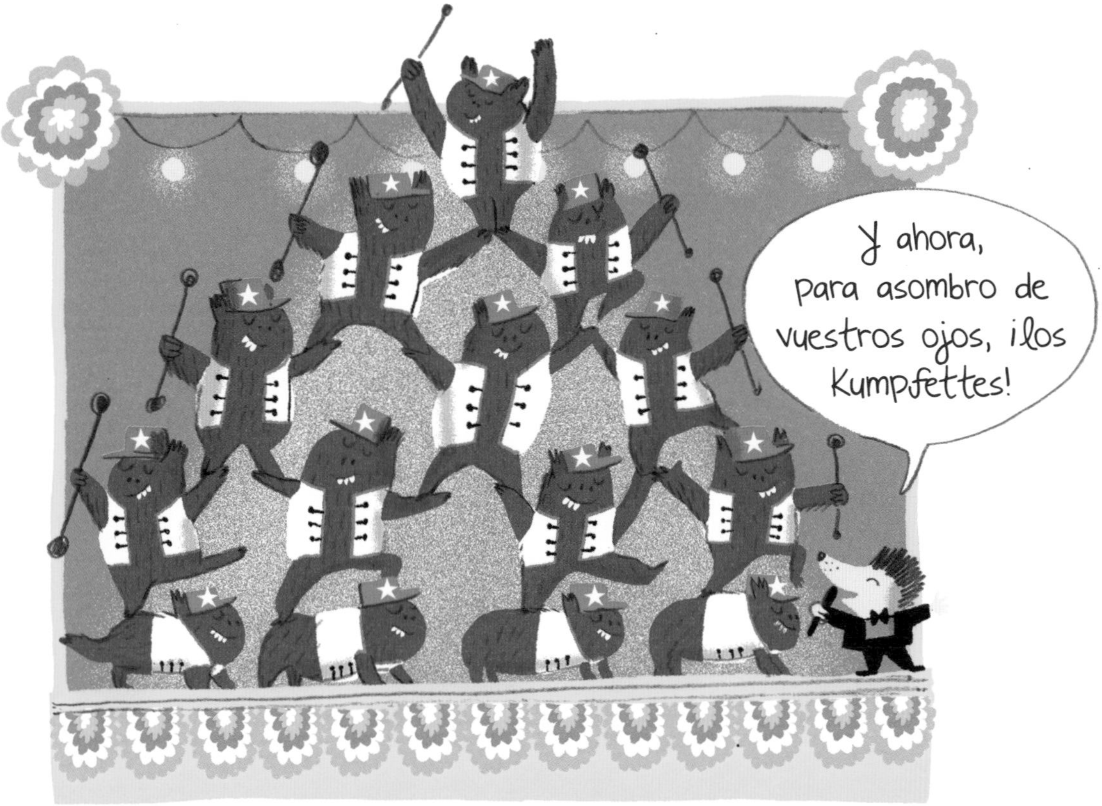
Y ahora, para asombro de vuestros ojos, ¡los Kumpfettes!

Llega el turno de los pequeños ponis.

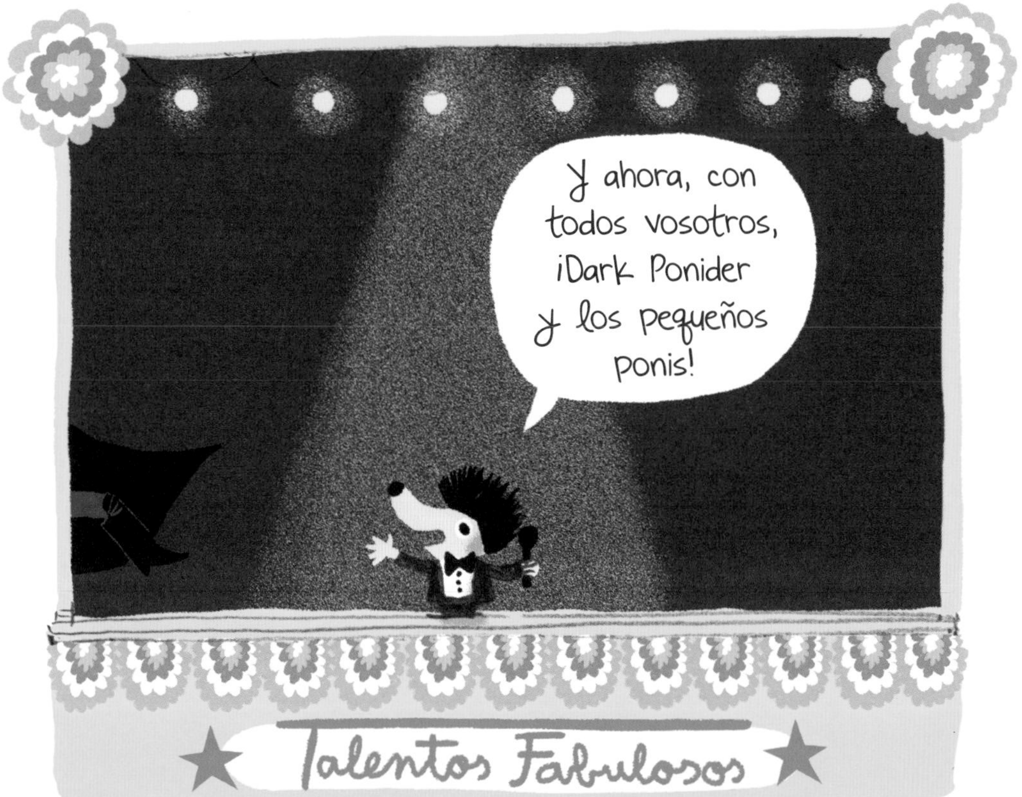
Y ahora, con todos vosotros, ¡Dark Ponider y los pequeños ponis!
Talentos Fabulosos

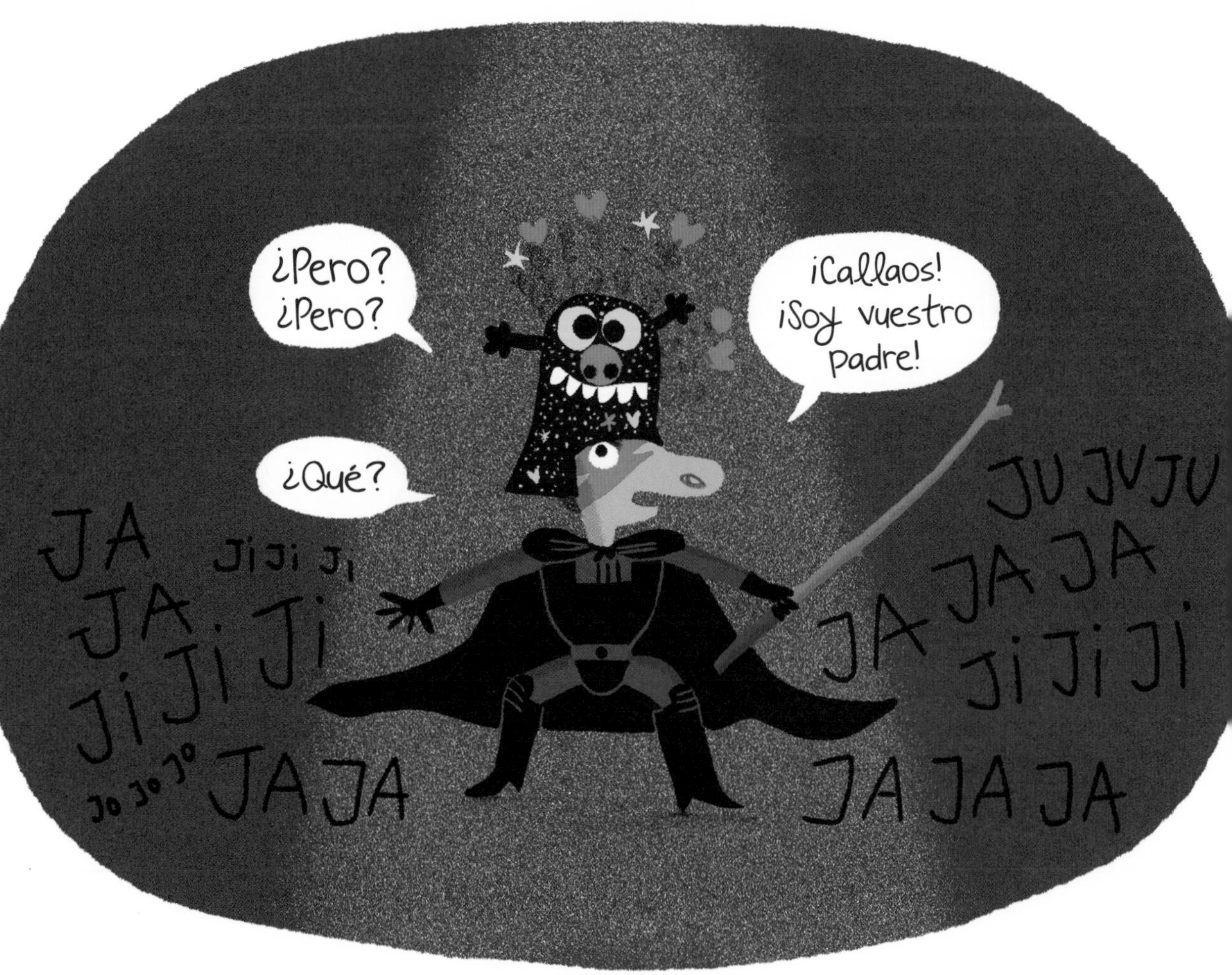
¿Pero?
¿Pero?
¡Callaos!
¡Soy vuestro padre!
¿Qué?
JA
JA
Ji Ji Ji
Ji Ji Ji
JO JO JO
JAJA
JU JU JU
JA JA JA
Ji Ji Ji
JA JA JA

Dark Ponider no da miedo en absoluto.
Incluso los pequeños ponis hipnotizados se despiertan, víctimas de un ataque de risa.

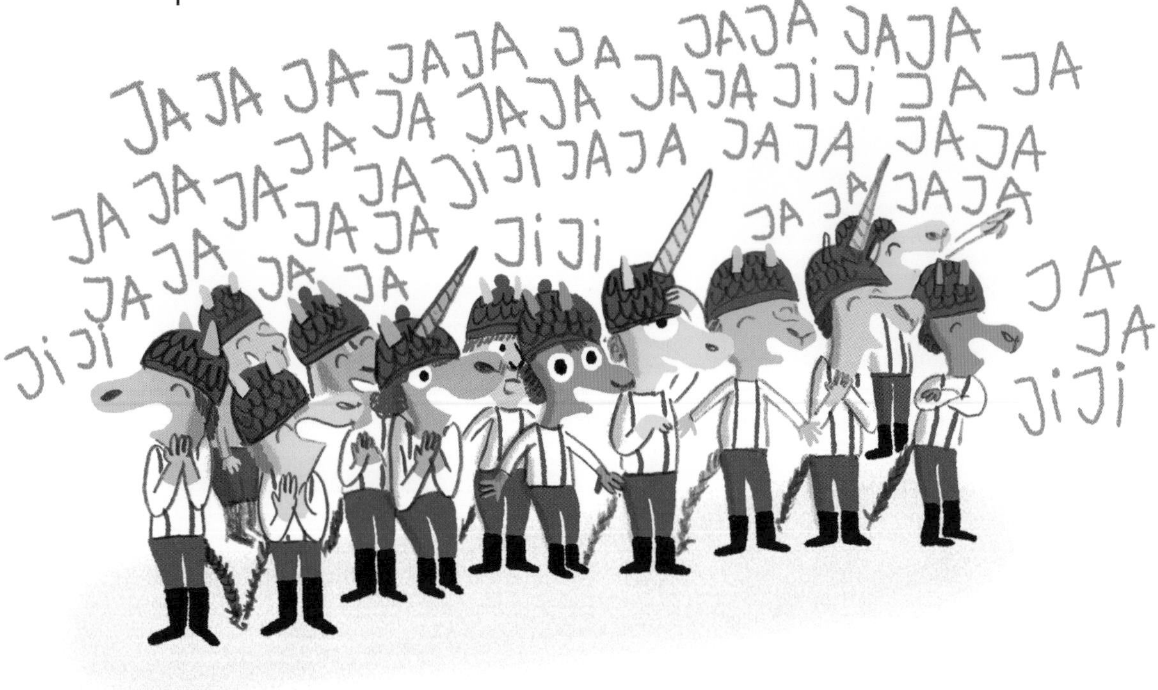
JA JA JA JAJA JA JAJA JAJA
JA JA JAJA JAJA JiJi JA JA
JA JA JA JA JA Ji Ji JAJA JAJA JAJA
JA JA JA JAJA JiJi JAJA JAJA
Ji Ji
JA
JA
JiJi

Con sus espíritus despiertos, pueden al fin expresarse.
¡La revolución puede comenzar!

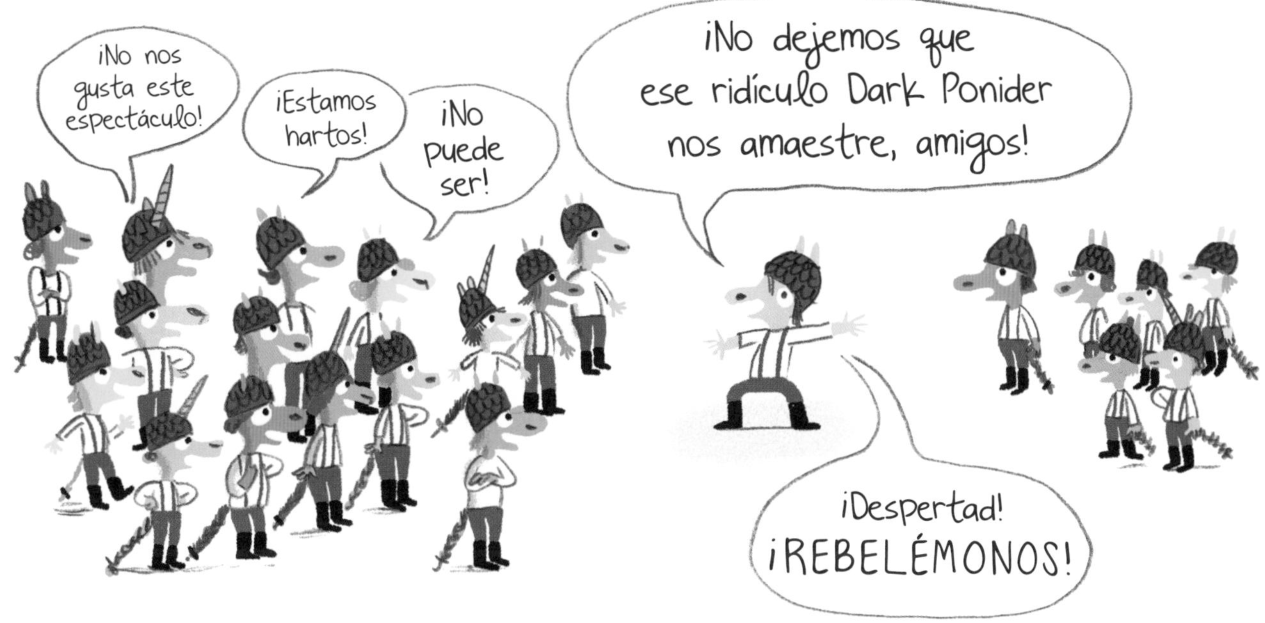
¡No nos gusta este espectáculo!
¡Estamos hartos!
¡No puede ser!
¡No dejemos que ese ridículo Dark Ponider nos amaestre, amigos!
¡Despertad! ¡REBELÉMONOS!

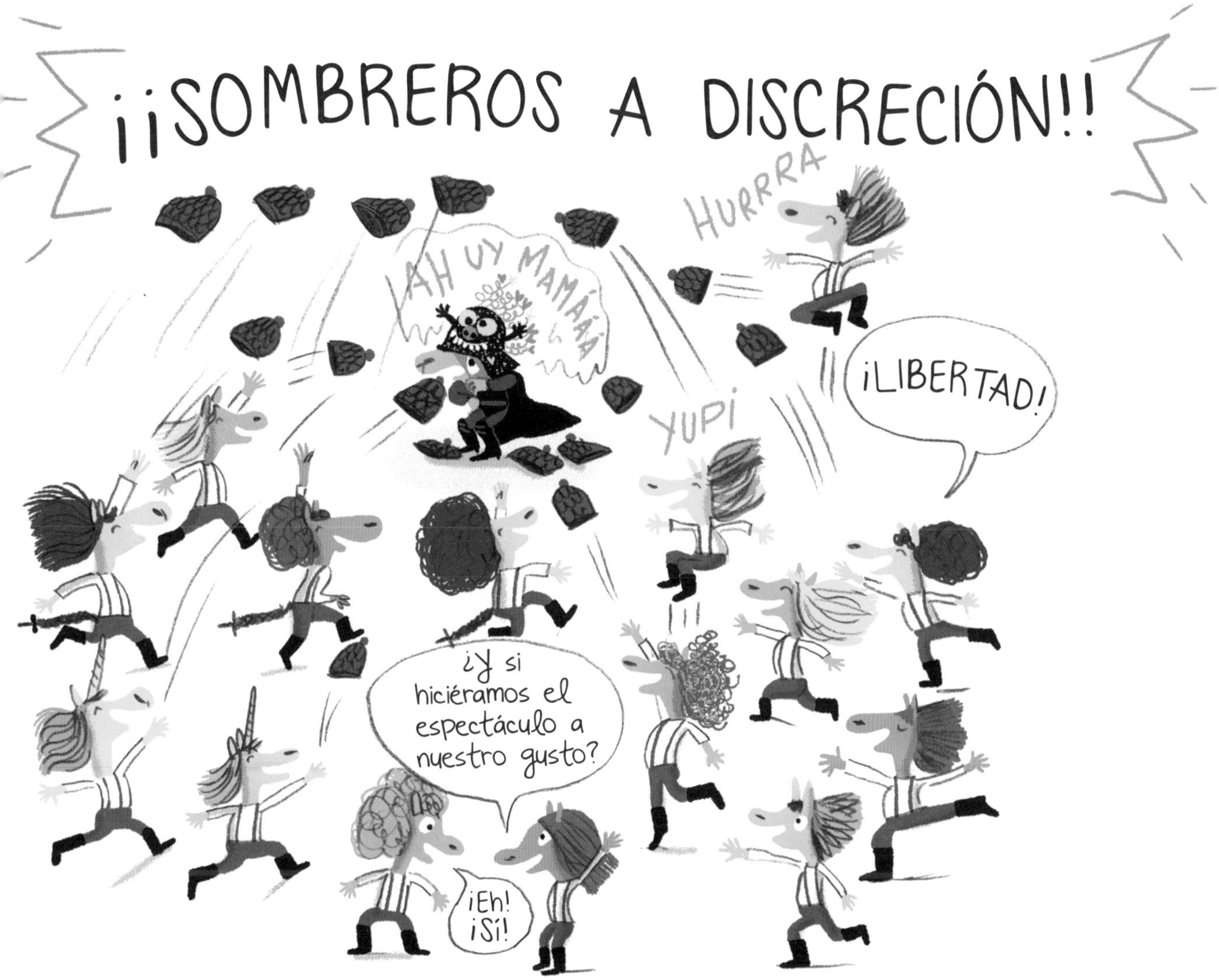
¡¡SOMBREROS A DISCRECIÓN!!
HURRRA
AH UY MAMÁÁÁ
¡LIBERTAD!
YUPI
¿Y si hiciéramos el espectáculo a nuestro gusto?
¡Eh! ¡Sí!

Al recuperar la libertad y la alegría, los pequeños ponis ofrecen un espectáculo incomparable. ¡Todos se ponen a bailar!

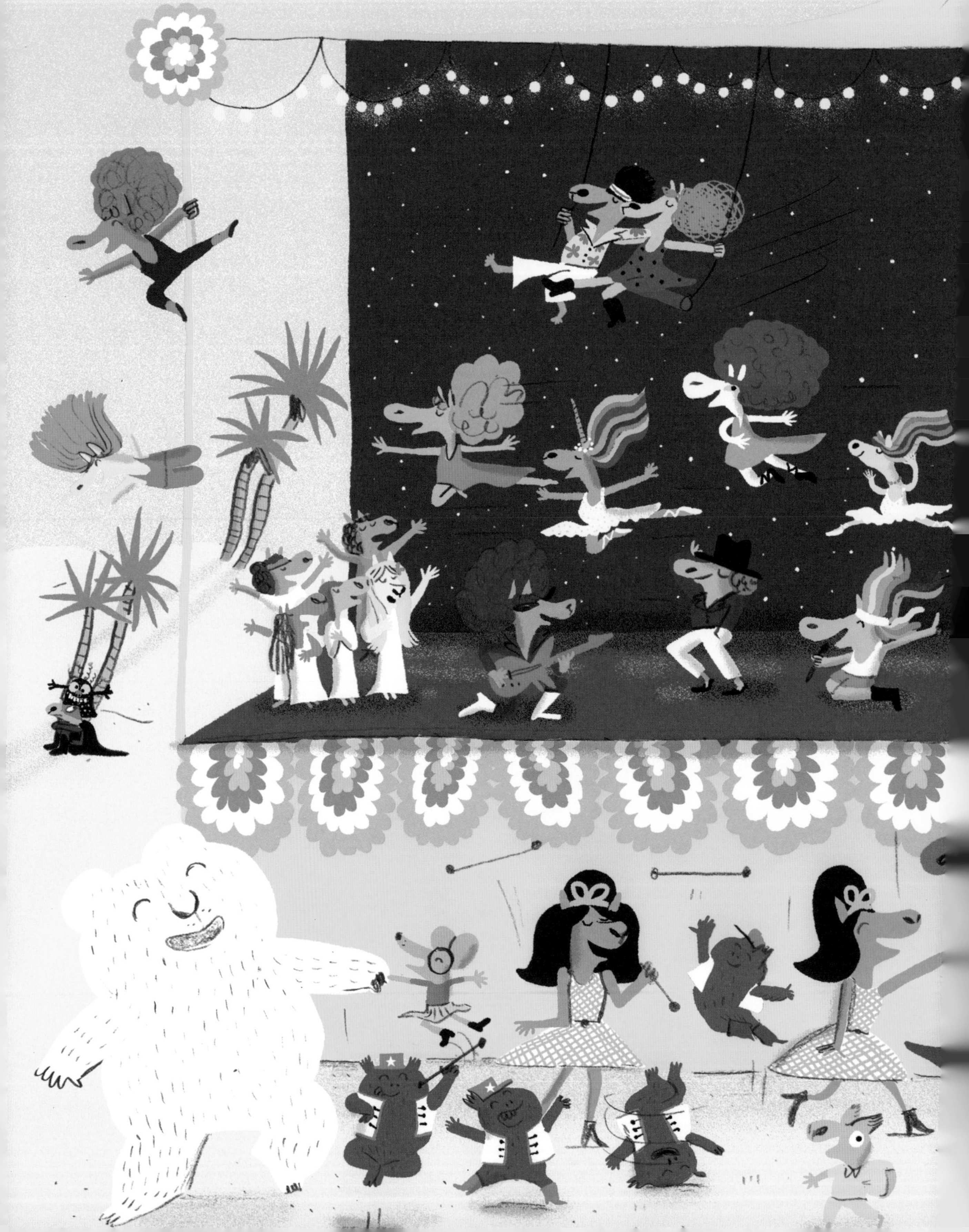

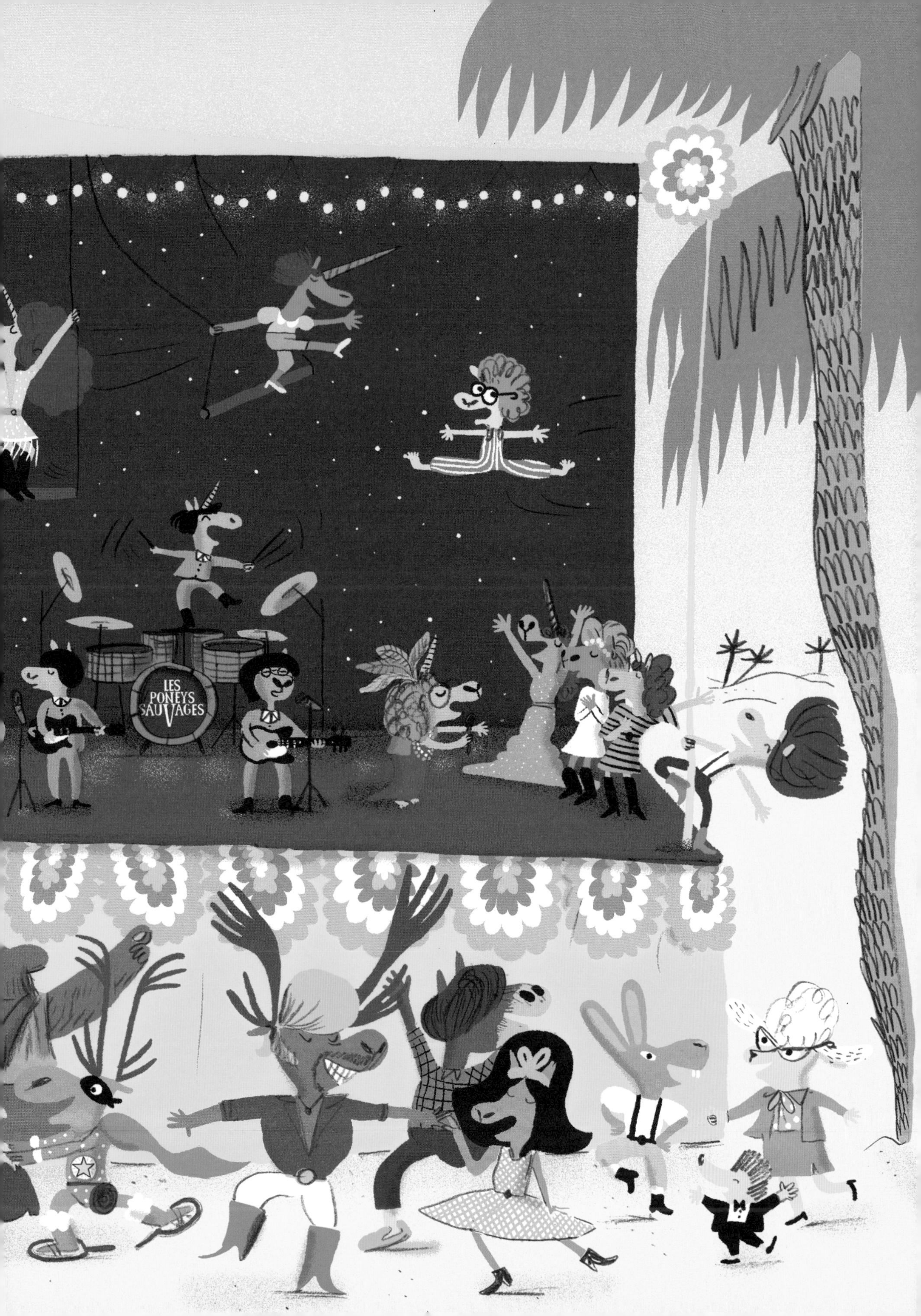
LES
PONEYS
SAUVAGES

Finalmente, se anuncian los vencedores...

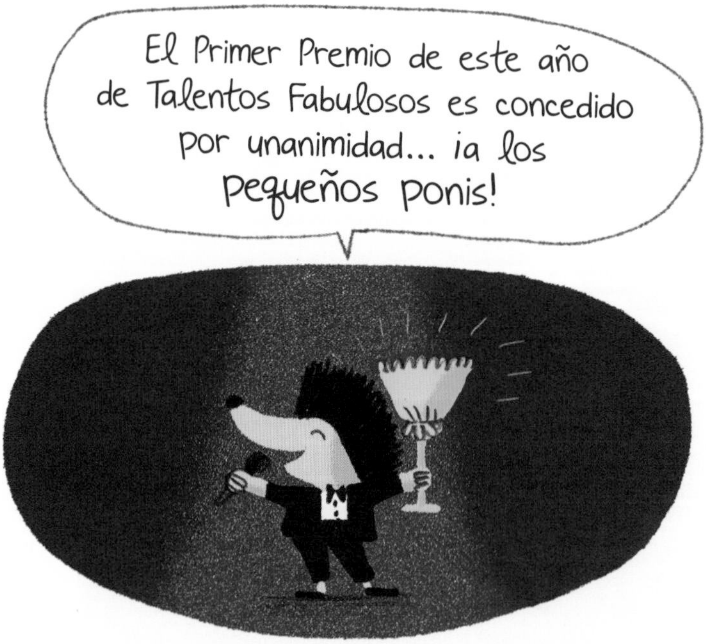
El Primer Premio de este año de Talentos Fabulosos es concedido por unanimidad... ¡a los pequeños ponis!

¡Los pequeños ponis, dan saltos de alegría y relinchan de felicidad!

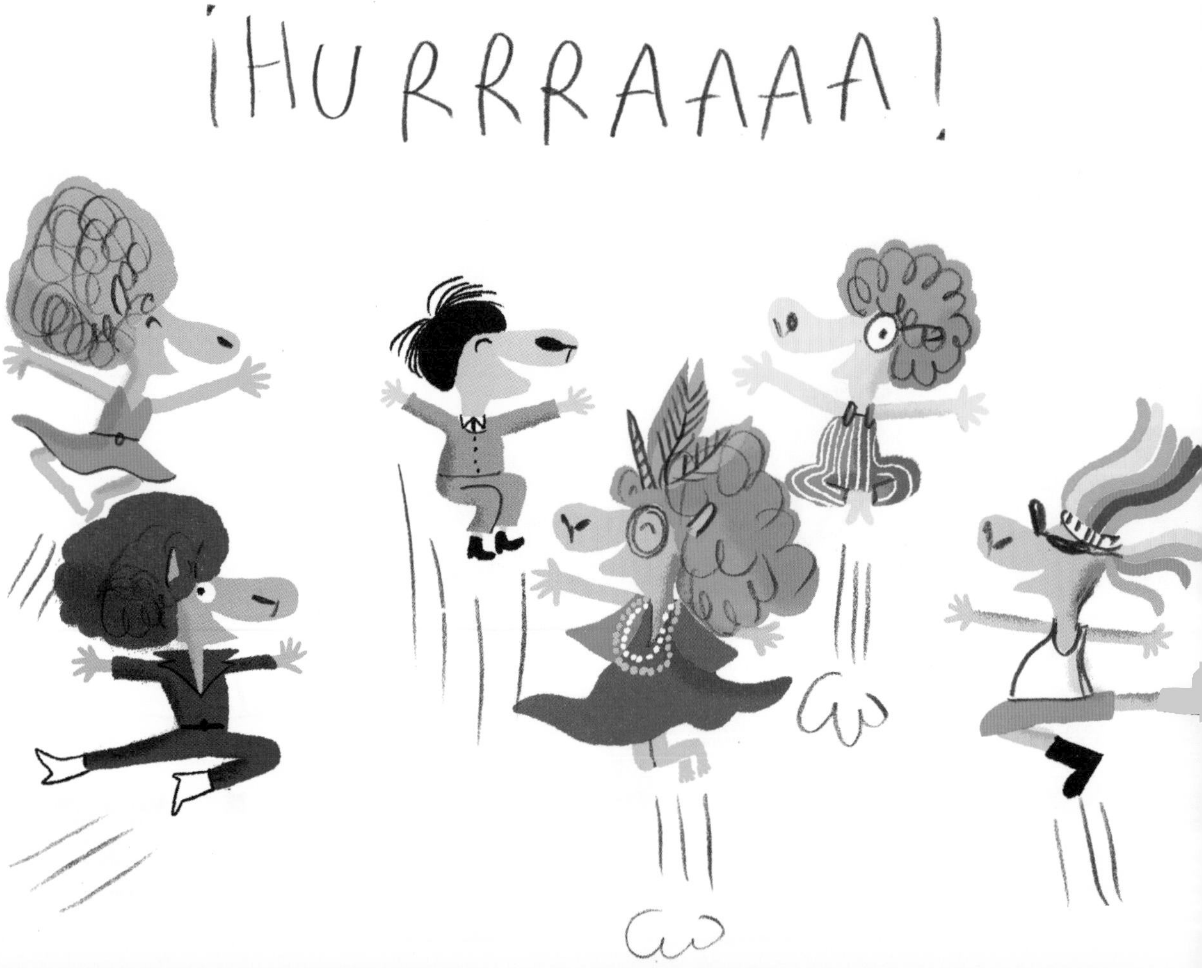
¡HURRRAAAA!

Cuando reciben el premio, Joya da un discurso.

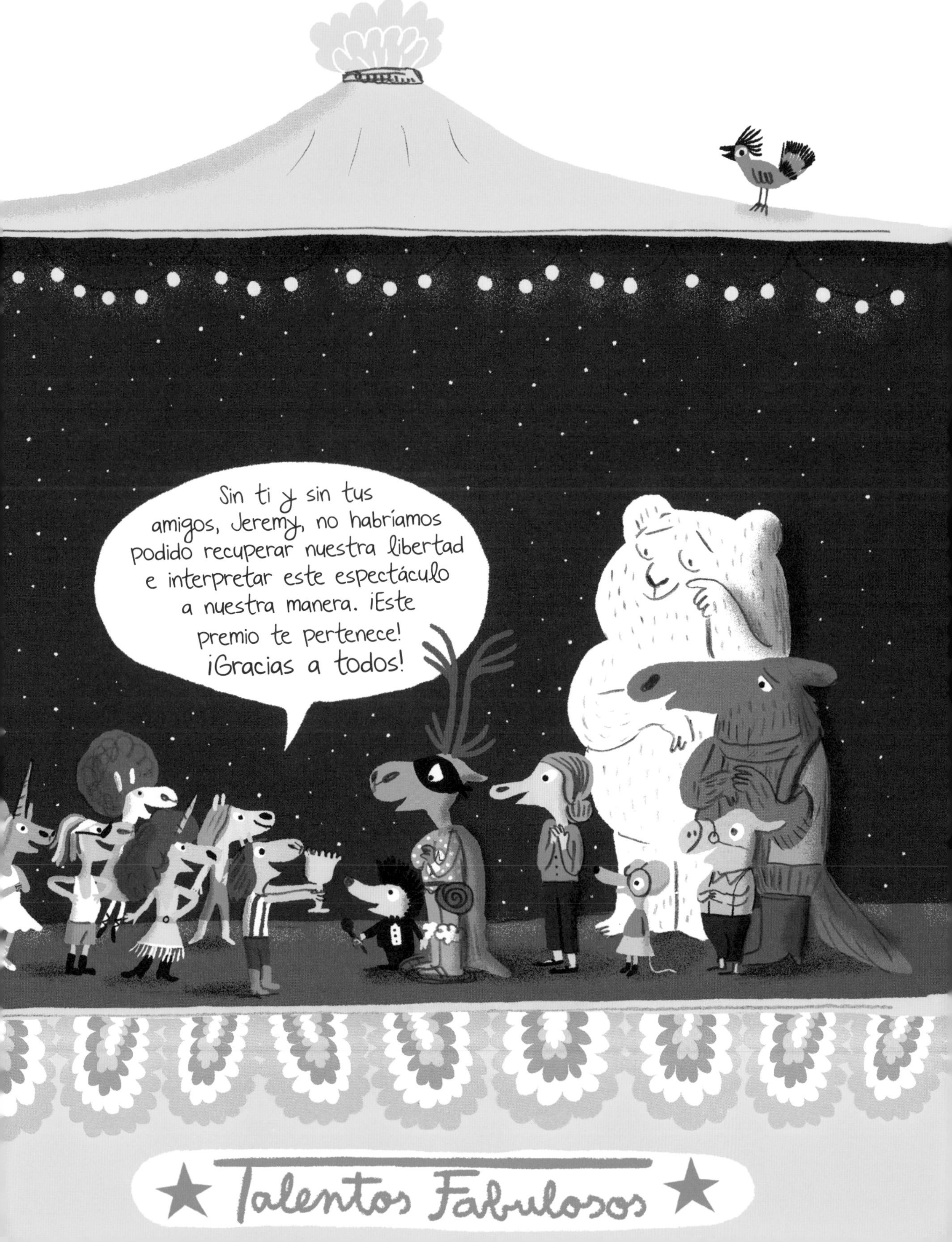
Sin ti y sin tus amigos, Jeremy, no habríamos podido recuperar nuestra libertad e interpretar este espectáculo a nuestra manera. ¡Este premio te pertenece! ¡Gracias a todos!
Talentos Fabulosos

Tras la ceremonia, Jeremy se encuentra con Gisele.

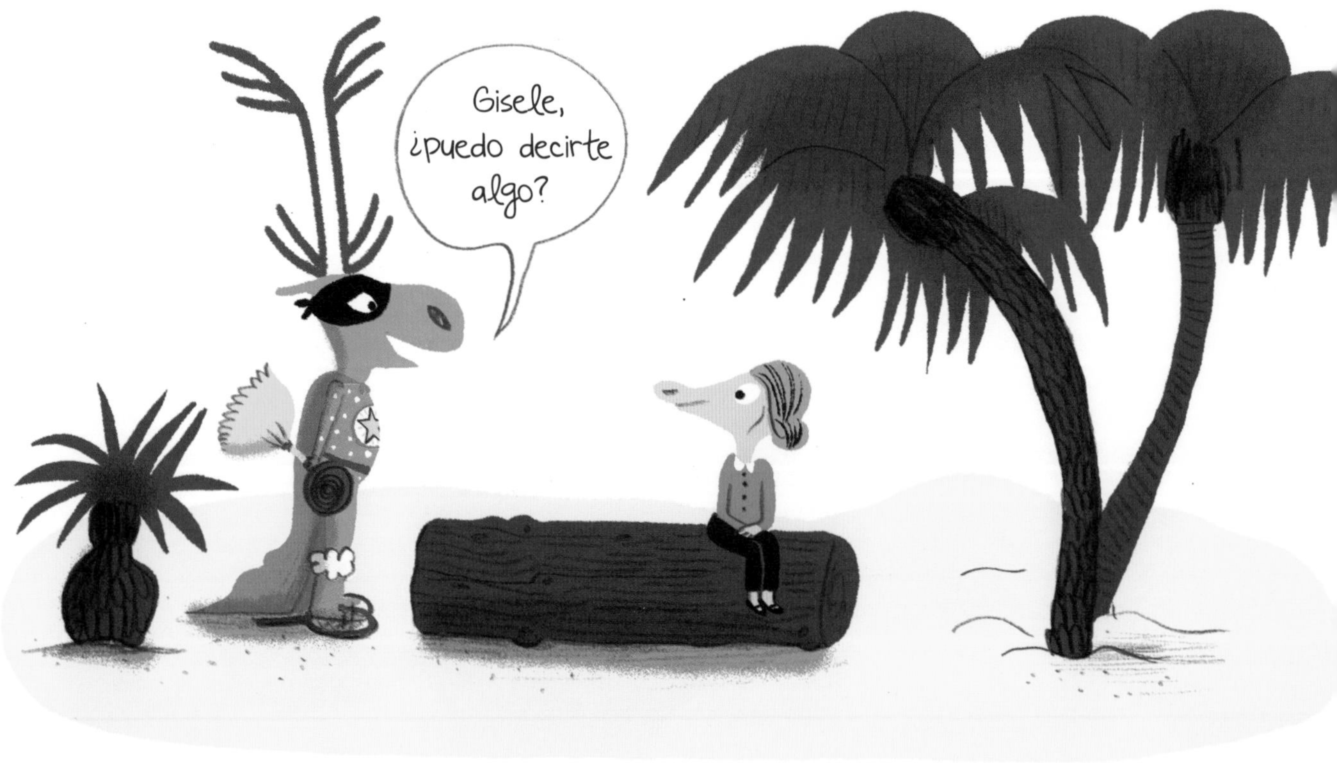
Gisele, ¿puedo decirte algo?

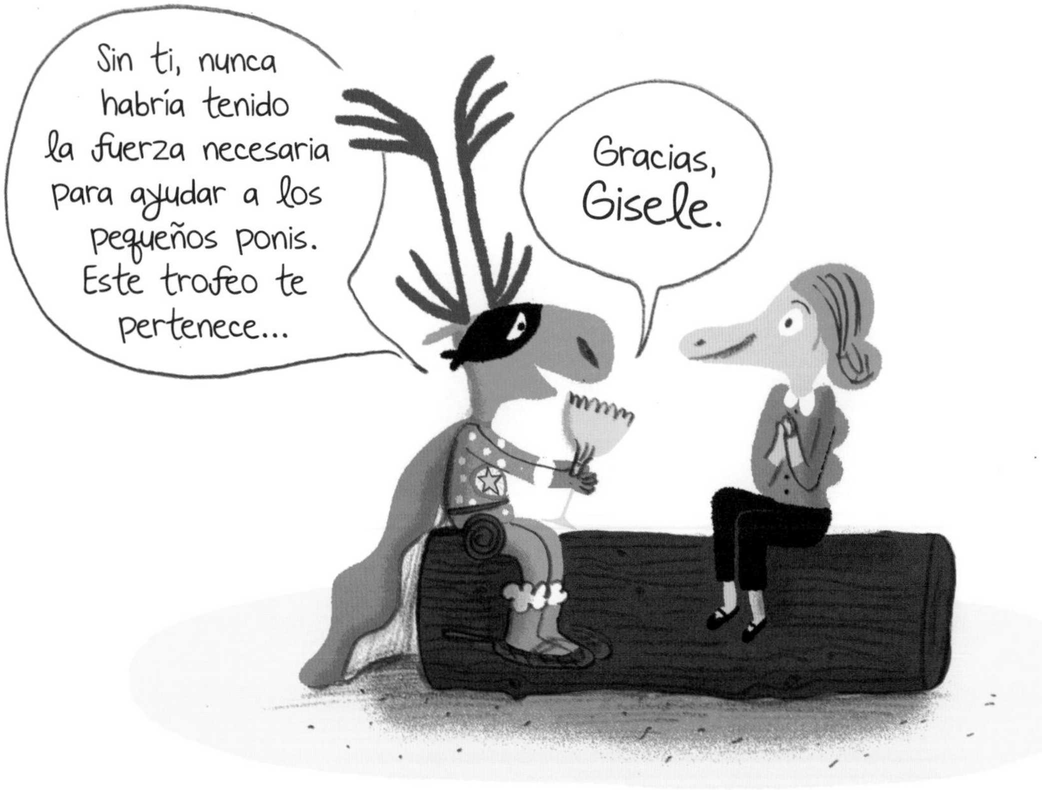
Sin ti, nunca habría tenido la fuerza necesaria para ayudar a los pequeños ponis. Este trofeo te pertenece...
Gracias, Gisele.

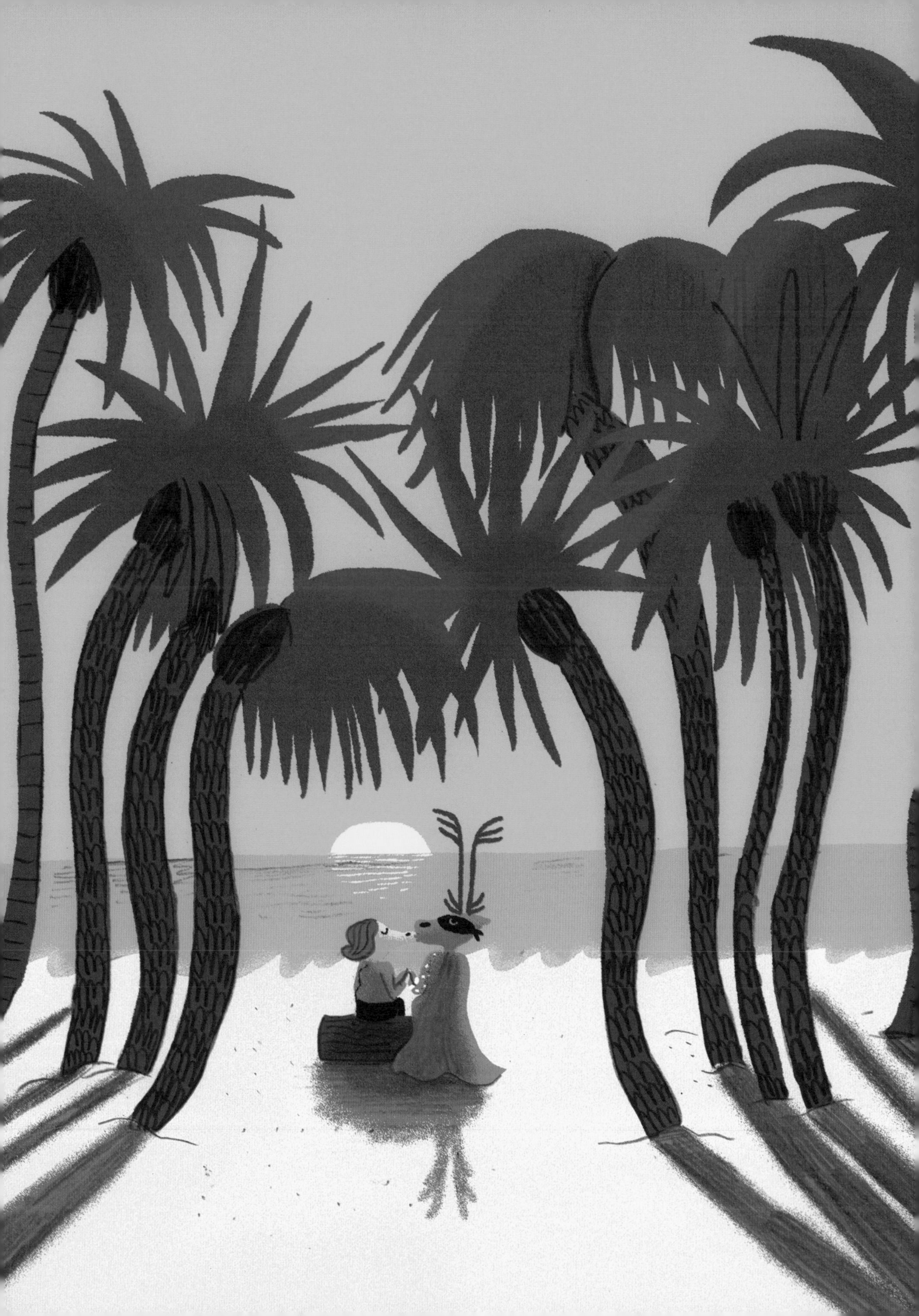

¡Y ese fabuloso día se termina con una gran fiesta en la playa! Dark Ponider refunfuña solitario en un rincón sin ganas de volver a jugar a ser el jefe del lugar...

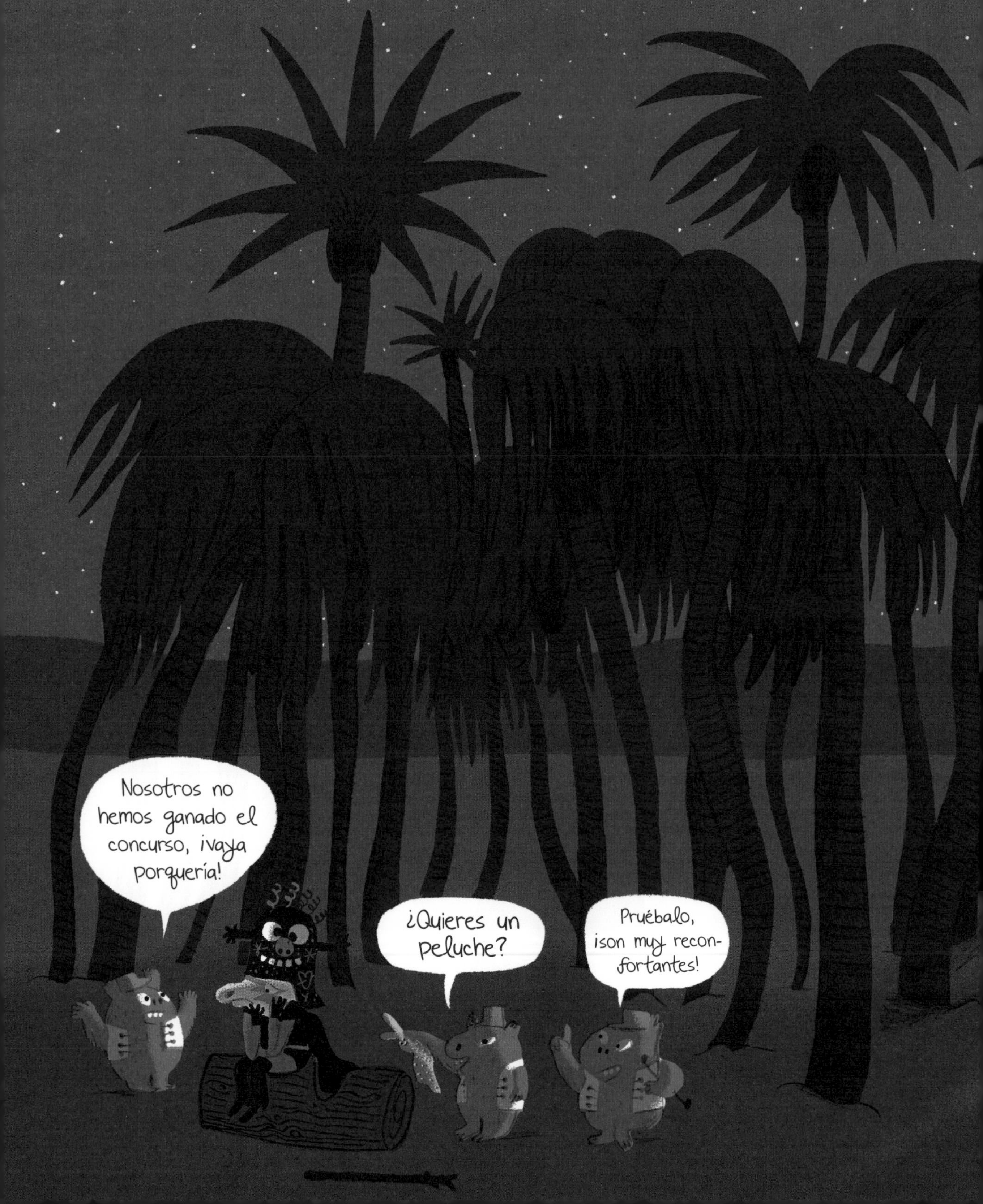
Nosotros no hemos ganado el concurso, ¡vaya porquería!
¿Quieres un peluche?
Pruébalo, ¡son muy reconfortantes!

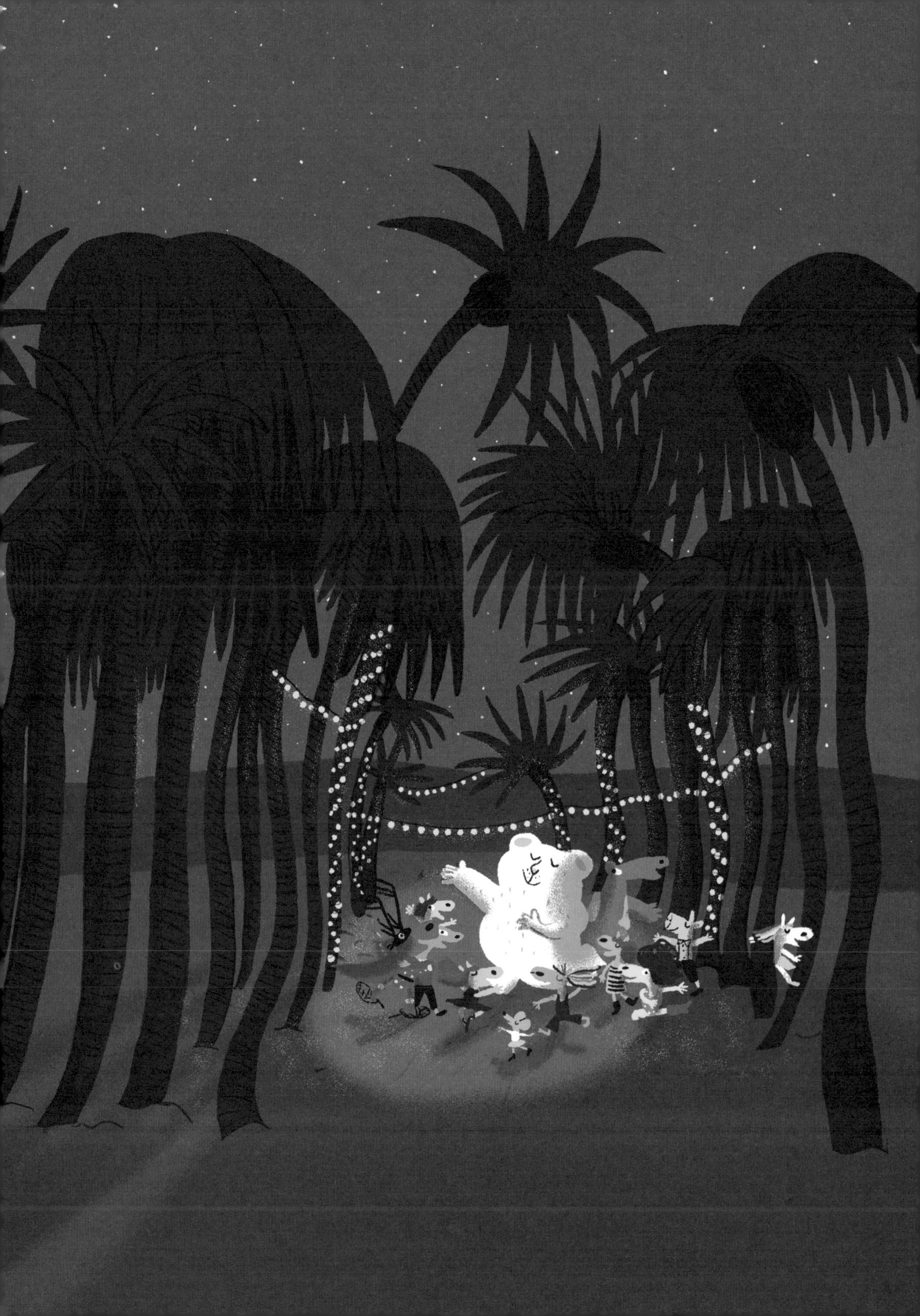

NO TE PIERDAS MÁS AVENTURAS DE...
¡SÚPER CARIBÚ!